马内古特的一生

1943
军，接受了
训，包括
射训练等。

1944
母亲节休假回家发现母亲
自杀了。同年被德军俘
虏，所搭乘的战俘专列被
误炸，约150人死亡。冯内
古特幸存。

1945
亲历德累斯顿大轰炸，躲在屠场地窖得以
幸存，代表作《五号屠场》就是以此段经
历为原型。后来冯内古特这样形容他的善
后工作："13万具尸体藏在地下，等着我
我到、火化它们，真是特别的复活节找彩
蛋派对。"

1952
出版处女作《自动钢琴》。
主角在工作的摧残中揭竿
而起，带着同事把所有机
器都砸了。

1951
从通用电器公司
离职，正式成了
全职作家。

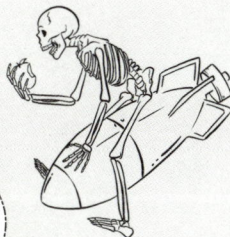

1965
入爱荷华大学作家工
教书，约翰·欧文
崇拜这位老师。

1967
获得古根海姆奖学金，
重返德累斯顿。

1969
出版《五号屠场》，瞬间引爆了当
时深陷越南战争的美国社会的反
战情绪。本书曾被禁至少18次，
成为《世界百大禁书》榜首。

1973
冠军早餐》。

1972
电影《五号屠场》上映。

1970
担任哈佛大学创意
写作课讲师。

1990
出版《咒语》。

1997
出版最后一本长篇小说，
《时光倒动》，并在本书
中准确预言10年后自己
的死亡。

2004
发表公开演讲谴责布什
政府挑起伊拉克战争：
"布什和希特勒唯一的
区别是，希特勒是通过
民选上台的。"

2007
冯内古特在《五号屠场》
中的化身的墓志铭是：
"一切曾经美好，没有
痛苦。"

读客彩条外国文学文库

熊猫君激发个人成长

时光错动

〔美〕库尔特·冯内古特 著

虞建华 译

河南文艺出版社

·郑州·

TIMEQUAKE by Kurt Vonnegut

Copyright © 1997 by Kurt Vonnegut

This edition arranged with The Wylie Agency (UK), Ltd.

Simplified Chinese translation copyright:

© 2023 Dook Media Group Limited

All rights reserved.

中文版权 © 2023读客文化股份有限公司

经授权，读客文化股份有限公司拥有本书的中文（简体）版权

豫著许可备字-2022-A-0077

图书在版编目（CIP）数据

时光错动／（美）库尔特·冯内古特著；虞建华译.
—— 郑州：河南文艺出版社，2023.11
（读客彩条外国文学文库）
ISBN 978-7-5559-1440-2

I. ①时… II. ①库… ②虞… III. ①幻想小说－美
国－现代 IV. ①I712.45

中国国家版本馆CIP数据核字（2023）第116731号

著　　者	［美］库尔特·冯内古特
译　　者	虞建华
责任编辑	崔晓旭
责任校对	李亚楠
特约编辑	张敏倩　　孙宁霞
策　　划	读客文化
版　　权	读客文化
封面插画	Allin here8/Shutterstock.com
封面设计	李子琪
出版发行	河南文艺出版社
印　　刷	河北中科印刷科技发展有限公司
开　　本	880mm×1230mm 1/32
印　　张	8.25
字　　数	161千
版　　次	2023年11月第1版　2023年11月第1次印刷
定　　价	59.90元

　　一九七五年在纽约的科霍斯，小说早已绝版的科幻作家基尔戈·特劳特接到了儿子的死讯——他儿子利奥离家出走，死在瑞典的一家造船厂。于是，他将家养的长尾鹦鹉"旋风比尔"放归自然，准备外出流浪。

谨以此书纪念西摩·劳伦斯

一个浪漫主义者和伟大出版家

致力于推出

在铺平的漂白干木纤维浆上

用墨水讲述的奇异故事

所有人，不论死活，都是纯粹的巧合。

目　录

前言

欧内斯特·海明威一九五二年在《生活》杂志上发表了篇幅不短的短篇小说《老人与海》。讲述的是一个古巴渔民,八十四天在海上一无所获的故事。他后来钓到了一条巨大的马林鱼。他把鱼打死后,捆绑在小船的一侧。但是,他还没来得及到达海岸,鲨鱼已把鱼肉吃尽,只剩下一副骨架。

小说发表时,我住在科德角的巴恩斯特布尔村。我问住在附近的一位渔民,对此他有何感想。他说小说的主人公是个白痴,他应该把鱼身上的肉割下来放在舱底,余下的留给鲨鱼。

出现在海明威脑子里的鲨鱼很可能是那些批评家,他们对他两年前出版的长篇小说《过河入林》不以为然。这是他十年中的第一部长篇小说。据我所知,他从未做过类似说明——但马林鱼暗指的很可能就是那部小说。

后来在一九九六年冬天,我发现自己成了一部失败的、没有观点的、本来就不应该写的小说的作者。狗屎！[1]可以这么说。我在那条忘恩负义的鱼身上花了将近十年的时间，它甚至连喂鲨鱼都不够格。

近期我度过了七十三岁的生日。我母亲活到五十二岁，我父亲活到七十二岁。海明威死的时候差不多快到六十二岁了。我活得太长了，我该怎么办？

答案：把鱼肉割下来。把其他部分扔掉。

一九九六年的夏、秋两季，我就是这么做的。昨天，一九九六年十一月十一日，是我七十四岁的生日。约翰内斯·勃拉姆斯[2]到五十五岁时就不再创作交响曲。足矣！我当建筑师的父亲五十五岁时对建筑已讨厌至极，无法忍受。足矣！美国男性小说家到此年龄都已完成了他们最后的作品。足矣！五十五岁对现在的我而言，已经是遥远的过去。可怜可怜我吧！

我那条臭不可闻的大鱼名叫《时光错动》。我们权且将它想象为《时光错动之一》吧。让我们把这本书——以最好的鱼肉与过去七个月左右的想法和经历放在一起炖煮的东西——想象为《时光错动之二》。

胡编乱造？

---

1 原文为法语"Merde"，意为"粪，大便"。——译者注（本书注释如无特别注明，均为译者注）

2 约翰内斯·勃拉姆斯（1833—1897），德国作曲家，主要作品包括《德意志安魂曲》等。

《时光错动之一》的前提是这样的：宇宙中的时空统一体突然出现了小故障，发生时间震动[1]，迫使每个人、每样东西都退回十年前，不管愿意不愿意，完全重复以前做过的一切。这种似曾经历过的错觉将持续整整十年。你不能抱怨生活中没有一丁点儿新鲜玩意儿，也没法问别人，是你一个人的脑子出了问题，还是每个人的脑子都出了问题。

在这十年重播期，你说不出任何原来十年中没有说过的话，这是绝对的。如果你上一次没能躲过劫难，或者没能救起你心爱的人，那么这一次你仍将无能为力。

我在小说中用时震将每个人、每样东西从二〇〇一年二月十三日一下子弹回到一九九一年二月十七日。然后，我们每个人不得不艰难地一分钟一分钟、一小时一小时、一年一年地向二〇〇一年走去——赛马时再押错赌注，再同不该结婚的人婚配，再次感染上淋病。多少厄运还要降临！

只有当人们返回到发生时震的那一刻，他们才不再是被过去行为所操纵的机器人。正如老科幻小说作家基尔戈·特劳特所言，"只有当自由意志再次闯入人心，人们才能不再去跑他们自己设置的障碍赛程"。

特劳特其实并不存在。在我的其他几部小说中，他是我的另一

1　原文为"timequake"，意即"时间震动"，下文简称为"时震"。——编者注

自我。但是我从《时光错动之一》中选留下来的大部分都与他的历险和见解有关。从一九三一年十四岁开始，到二〇〇一年八十四岁去世，这段时间里他写下了上千篇小说。我抢救出了其中的几篇。他一生中很多时间过着流浪生活，但去世的时候却不失体面，住在罗德岛锡安角一个夏季度假村的"海明威套间"。那是个专供作家休养的地方，名叫离宫[1]。还算令人欣慰。

他第一篇小说的故事发生在英国亚瑟王的宫廷——卡米洛。这是他临死前告诉我的。宫廷的魔法师默林施了个法术，用汤普森半自动步枪和点四五口径达姆弹盘型弹匣把圆桌骑士们武装起来。

心智最纯的加拉哈德爵士学习掌握了这一迫人为善的新式器械。在摆弄这些器械时，他错把一条鼻涕虫放入圣杯，为格温娜维尔王后做了一块瑞士奶酪。[2]

当特劳特意识到十年的重播期已经结束，他，以及其他所有人，又必须想新的点子、必须发挥创造力时，他是这么说的："啊，老天爷！我已经年纪太大，经历太多，不能再同自由意志玩俄罗斯轮盘赌[3]了。"

不错，我本人也是《时光错动之一》中的一个人物，在重播结

---

1 原文为"Xanadu"，意为"行宫，世外桃源"。典出英国诗人柯勒律治名诗《忽必烈汗》，原指忽必烈汗在热河上都的离宫。
2 所提及的人物都出自亚瑟王的故事。这一传奇由于作家托马斯·马洛里（？—1471）的《亚瑟王之死》（1470）而著名。
3 俄罗斯轮盘赌，即玩命游戏，赌时在左轮手枪中仅装一发子弹，然后转动旋转弹匣，参赌者轮流举枪对准自己的太阳穴扣动扳机。

束、自由意志重新闯入的六个月后，在二〇〇一年夏天离宫作家度假村的海滨野餐会上，我扮演了一个跑龙套的小角色。

在场的还有好几个书中虚构的人物，包括基尔戈·特劳特。我有幸聆听了这位小说早已绝版的老科幻作家谈论宇宙大布局中地球人的特殊位置。他先为我们做了描述，然后又进行了演示。

现在我写完了我的最后一本书，只剩下这一篇开篇语。今天是一九九六年十一月十一日，我估计大约要九个月的时间，书可以出版，可以从印刷机的产道里产出。反正不急。印度象怀胎要比这长一倍还多。

负鼠的怀胎期，朋友们，邻居们，是十二天。

在这本书中我假设，二〇〇一年的海滨野餐会上我仍然活着。在第四十六章，我假设自己在二〇一〇年依旧活着。有时我说我身在一九九六年——那是现实状况，有时我说我在时震后的"重播"过程中，两者之间没有清楚的划分。

我一定是个疯子。

1

叫我小库尔特[1]。我六个已长大成人的孩子都这么叫我。其中三个是我收养的外甥，另外三个是我自己的孩子。他们背后叫我"那个小的"。他们以为我不知道。

我在演讲中说过，艺术家的一个实际可行的使命，就是使人感到活着至少还有点意思。那时有人问我，是不是知道有哪些不辱使命的艺术家。我回答道："甲壳虫乐队。"

在我看来，地球上最高度进化的动物似乎觉得活着很狼狈，或者甚至处于更糟糕的境地。别去管诸如理想主义者遭受酷刑等那些极端的例子。我生活中的两个重要女人——我母亲和我唯一的姐姐艾丽丝，或叫艾丽，现如今都已在天国。她们都曾憎恨生活，而且对此直言不讳。艾丽会大声叫嚷："我不想活了！我不想活了！"

---

1 英语国家常常儿子取名同父亲，为加区别，儿子名前加Junior，如美国父子两任总统的名字都叫乔治·布什，后一位就是Junior，"小布什"。

马克·吐温这位当时最幽默的美国人，像我现在这样七十岁高龄时，发现人生对他本人、对别人都是个沉重的负担，因此他写道："自我长大成人以后，我从来不希望任何已获得解脱的亲友重获新生。"这句话是在他女儿简突然去世几天后的一篇文章中写的。那些他不希望获得重生的人中，也包括简，还有另一个女儿苏珊、他的爱妻和他最好的朋友亨利·罗杰斯。

马克·吐温没来得及经历第一次世界大战，但他已经有了那样的感觉。

耶稣在圣山上的布道中讲到了人生如何不幸："为悼亡者祈福""为逆来顺受者祈福"，以及"为行善而饥渴者祈福"。

亨利·戴维·梭罗[1]有一句名言："芸芸众生，求存于无声的绝望之中。"

所以，我们污染水源、空气以及表土，并在工业上、军事上制造越来越高效的毁灭器械，也就　点儿不难理解了。让我们抛开虚伪，实话实说。对几乎所有的人来说，世界末日来得越快越好。

我的父亲，老库尔特，是个印第安纳波利斯的建筑师，自己得了癌症，妻子大约十五年前自杀身亡。他在家乡驾车闯红灯被捕，后来被发现他没有驾驶执照却整整开了二十年车！

你知道他对逮捕他的警官说了什么？"枪毙我好了。"他说。

1　亨利·戴维·梭罗（1817—1862），美国作家，"超验主义"运动代表人物之一，代表作包括《瓦尔登湖》（1854）等。

非洲裔美国爵士乐钢琴家费茨·沃勒[1]在演奏达到出神入化的忘情境界时，总要大声喊叫。他喊的是："趁我高兴谁来一枪崩了我！"

　　各种枪支的使用就像用打火机一样方便，价格像烤面包机一样便宜，任何有杀人念头的人，无论想杀父亲或费茨或亚伯拉罕·林肯或约翰·列侬或小马丁·路德·金[2]或一个推婴儿车的妇女，都只是举手之劳。借用老科幻作家基尔戈·特劳特的话来说，这样的发明足以向每个人证明，"活着只是烂屎一缸"。

1　费茨·沃勒（1904—1943），美国爵士乐钢琴家、作曲家，其著名歌曲包括《紧紧地搂我》《别胡闹》《金银花》等。
2　亚伯拉罕·林肯（1809—1865），美国第十六任总统，1865年遇刺；约翰·列侬（1940—1980），披头士乐队成员，1980年被杀；小马丁·路德·金（1929—1968），美国民权运动领袖，1968年遇刺。

2

假设一下这样的情况：一所著名的美国大学以理智的名义放弃了橄榄球，将空体育场改建成一家炸弹工厂。理智至此终结。有点基尔戈·特劳特式的离奇。

我讲的是我的母校芝加哥大学。远在我进校之前的一九四二年十二月，在斯塔格球场看台下面，科学家们完成了地球上首次铀裂变。他们的意图是证实核弹的可行性。当时我们正与德国和日本交战。

五十三年以后，即一九九五年八月六日，一批人聚集在我那所大学的附属教堂里，纪念第一颗原子弹在日本广岛市爆炸五十周年。我也在场。

发言人之一是物理学家利奥·塞伦。他很久以前参加了在死气沉沉的体育设施下面进行的成功实验。请你注意：他为自己过去的行为道歉！

应该有谁告诉他，在这个星球上连最聪明的动物对活在世上都如此厌恶，当物理学家就意味着永远不必说抱歉。

现在假设这样一种情况：某人为失去理智的苏联造出了氢弹，确保它威力无比，然后获得诺贝尔和平奖！这个值得基尔戈·特劳特写一篇故事的真实人物，就是已故的物理学家安德雷·萨哈罗夫[1]。

他因呼吁停止核武器试验于一九七五年获诺贝尔和平奖。当然，他自己的核弹早已试验完毕。他的妻子是儿科医生！哪种人既能改进氢弹，又能同儿童保健专家结婚？哪个医生能同神经错乱的配偶过日子？

"今天单位里有什么趣事吗，心肝儿？"

"有。我的炸弹肯定性能极好。你那个得水痘的孩子最近怎么样？"

一九七五年，安德雷·萨哈罗夫被当作圣人，而现在冷战结束，已经没人再为他喝彩。他在苏联是个持不同政见者。他呼吁停止发展和试验核武器，也呼吁给人民更多的自由。他被踢出了苏维埃社会主义共和国联盟的科学院，从莫斯科流放到永久冻土上的一个铁路边的小镇。

他没有获准去挪威的奥斯陆领取和平奖。他的妻子，儿科医生

---

1 安德雷·萨哈罗夫（1921—1989），苏联核物理学家，主张美苏合作消除核威胁，被西方称为"苏联持不同政见者"。

埃莉娜·波纳，代表他前去领了奖。但是我们现在是不是该问一问，她，或者任何儿科医生或医务人员，难道不比参与为任何地方的任何政府制造氢弹的任何人更有资格获得和平奖吗？

人权？还有什么能比氢弹更无视任何形式的生命权利？

纽约市的斯塔腾岛学院于一九八七年六月授予萨哈罗夫名誉博士的头衔。他的政府又一次阻止他亲自前去。于是，他们让我代他接受这个称号。

我要做的就是，代读一下他的来函。他写道："不要对核能表示绝望。"我像个机器人照本宣科。

我当时还那么彬彬有礼！但这是在乌克兰的切尔诺贝利发生这个疯狂的星球上有史以来最致命的核灾难后的一年。由于核辐射泄漏，今后很多年整个北欧的孩子都可能得病，甚至出现更严重的后果。儿科医生大有用武之地。

纽约斯克内兑塔迪的消防员在切尔诺贝利事件后的行为，倒要比萨哈罗夫蹩脚的规劝更能使我得到鼓舞。我曾在斯克内克塔迪工作过。那儿的消防员给远方的同行兄弟写了一封信，赞扬他们为抢救生命财产而表现出来的勇气和无私精神。

为消防员欢呼！

虽然有些人在平日生活中可能只是些于人不齿的渣滓，但在紧急情况下却都能变成圣人。

为消防员欢呼！

3

在《时光错动之一》中，基尔戈·特劳特写了一则关于原子弹的故事。由于时震，他不得不再写一遍。请记住，时震后长达十年的重播迫使他和我，还有你，以及所有其他人把从一九九一年二月十七日到二〇〇一年二月十三日为止所有已经做过的事再做一遍。

特劳特不在乎再写一遍。管它是不是重播，他都能挤出那一摊狗屎，他活着就是用圆珠笔在黄色便笺簿上埋头写东西。

他的这篇小说取名为《不开玩笑》。还没让任何人看，他就把稿子扔掉了，接着在重播期还得再扔一次。在《时光错动之一》结尾部分，也就是自由意志重新闯入后的二〇〇一年夏天海滨野餐会上，特劳特谈到所有那些被他撕成碎片并冲下抽水马桶，或扔到堆满垃圾的空地，或作其他处理的小说。他说："来得容易去得快。"

《不开玩笑》的篇名有其来由，出自第二次世界大战结束一个月后在太平洋岛屿巴那鲁鲁进行的绝密军事法庭审判中法官说的一句话。审判对象是美国轰炸机"乔伊的骄傲"机组人员。

"乔伊的骄傲"本身毫无过错，它停泊在巴那鲁鲁岛上的一个飞机库里。飞机是以飞行员的母亲乔伊·彼得森的名字命名的，她在得克萨斯州科珀斯克里斯蒂一家医院当产科护士。"骄傲"一词具有双重含义。一层意思是自尊，另一层意思表示狮群。[1]

事情是这样的：第一枚原子弹在广岛扔下，接着在长崎又扔下一枚之后，"乔伊的骄傲"接到命令去横滨，在两百万人头上再投下一颗原子弹。那是战争时期。特劳特是这样描写第三颗原子弹的："像规模不大的初级中学地下室锅炉那样大小的他妈的紫色的家伙。"

它太大，飞机弹舱里放不下，因此在飞机肚子底下挂着。当"乔伊的骄傲"向蓝色的远方天际出发时，它离起飞跑道地面仅一英尺。

当飞机接近目标时，飞行员在内部通信联络系统上自言自语地说，等他们完成了手头的事，他那位当产科护士的母亲在家乡就将成为知名人士。轰炸机"埃诺拉的欢乐"也是以一个女人的名字命名的。飞机在广岛投下核弹后，那个女人红得像电影明星。横滨的人口是广岛和长崎加在一起的两倍。

1　英语"Pride"的词义可作"骄傲"解，也可指"兽群"。

但是，飞行员思考再三，越来越觉得，他那位已当寡妇的慈祥的母亲不可能对记者说，她儿子的飞机一次性炸死平民百姓的人数创了世界纪录，为此她感到无比幸福。

特劳特的故事使我想起了我已经去世的姑奶爱玛·冯内古特。她的女婿科夫特·斯图亚特曾经是肯塔基州路易斯维尔的斯图亚特书店的老板，现已去世。她曾说她恨中国人，女婿告诫她，一下子恨那么多人未免缺德。

言归正传。

"乔伊的骄傲"上的机组人员，不管怎样，通过内部通信联络系统告诉飞行员，他们的想法同他一样。他们孤单地飞行在高空。他们不需要战斗机护航，因为日本人已经没有任何空中力量了。除了一些文字工作，战争已经结束。也可以说，在"埃诺拉的欢乐"把广岛变成焚尸炉之前，形势已经如此。

再引一段基尔戈·特劳特说的话："这已经不是战争，摧毁长崎也不是战争需要。这是为了讨一句'亏得美国佬把事情办成了！'，这是露一手而已。"

特劳特在《不开玩笑》中说，那个飞行员和投弹手在前几次执行任务时感到自己像神一样。那时他们在别人头上扔下的只是燃烧弹和传统的高爆炸药。他写道："但这个神只是个小神，他们把自己看作专事复仇、破坏的小神。而现在孤零零地飞行在天上，机身下悬着那枚他妈的紫色的家伙，他们感到像当老板的上帝本人。上帝以前有一个选择——大慈大悲。这个选择不属于他们。"

特劳特本人参加过第二次世界大战，但不是飞行员，也没去太平洋战区。他是个中尉，做过欧洲战场陆军野战炮兵的先遣侦察员，挂着望远镜，带着报话机，跟随步兵，甚或走在他们前头。他告诉后方的炮兵部队，弹片或白磷或其他任何东西应该落在什么地方才能奏效。

他本人肯定没有发过大慈大悲，据他自己说，他认为也不应该慈悲。我二〇〇一年在离宫作家度假村的海滨野餐会上问他，他在战争中干过什么。他把这场战争称作"文明的第二次未遂自杀"。

他不带一丝悔意地说："在一场弹片的暴风雪中，我让德国兵在崩裂的地面和爆炸的天空中间变成了夹心三明治。"

"乔伊的骄傲"上的飞行员让飞机在高高的空中做了一百八十度的转弯。飞机下仍然挂着那枚他妈的紫色的家伙。飞行员朝着巴那鲁鲁返航。"他就是这么做的，"特劳特写道，"因为他母亲一定会希望他这么做。"

在后来的绝密军事法庭审判过程中，有人说到一件事使大家笑得前俯后仰。为此法官重重地敲着木槌声明，受审的那些人所犯的罪行"可不是开玩笑的"。引起哄堂大笑的原因是原告对空军基地人员的作为的描述。他说，当"乔伊的骄傲"带着那枚高于跑道地面仅一英尺的他妈的紫色的家伙准备降落时，基地的人从窗子里跳出来，都吓得尿了一裤裆。

"各种各样的车辆混乱中互相碰撞在一起。"基尔戈·特劳特写道。

然而，法官刚刚恢复法庭秩序，太平洋海床就裂开了一道巨大的口子，把巴那鲁鲁、军事法庭、"乔伊的骄傲"和未经使用的核弹等一口吞没。

4

　　优秀的德国小说家和绘画艺术家君特·格拉斯[1]得知我生于一九二二年时，对我说："在欧洲已经遇不到可以聊天的同龄男人了。"在基尔戈·特劳特和我参战的年月，他同埃利·韦瑟尔、杰赛·柯辛斯基和米洛斯·福尔曼[2]等许多人一样，还只是个孩子。我算是幸运的，出生在美国而不是欧洲，来自一个白人血统的中产阶级大家庭，我呱呱坠地的屋子满是书籍和图画。这个大家庭现已不复存在。

1　君特·格拉斯（1927—2015），德国作家，插图画家，1999年获诺贝尔文学奖，主要作品包括《铁皮鼓》等。
2　埃利·韦瑟尔（1928—2016），美国犹太小说家，1986年获诺贝尔和平奖，主要作品有《夜》《耶路撒冷的乞丐》等；杰赛·柯辛斯基（1933—1991），美国小说家，主要作品包括《着色的鸟》等；米洛斯·福尔曼（1932—2018），20世纪60年代捷克斯洛伐克"新浪潮"时期的电影导演。

今年夏天我参加了诗人罗伯特·平斯基[1]的朗诵会，在会上他带着说教意味对自己这一辈子的生活比常人优渥表示歉意。我也应该这么做。

至少我在今年五月抓住了在巴特勒大学毕业典礼上发言的机会，对我的出生地表示感谢。我说："如果再让我活一次，我仍然选择在印第安纳波利斯的医院出生。我仍选择离这儿大约十条马路的北伊利诺大街四三六五号度过我的童年，仍然甘愿成为这座城市公立学校的学生。

"我仍然将在巴特勒大学的暑期学校选修细菌学和定性分析。

"西方文明最好的和最坏的部分，一切都曾向我敞开，也都向你们敞开。如果你们留心注意，就会发现这一切：音乐、金融、政治、建筑、法律、雕塑与绘画、历史、医学、体育、各种各样的科学门类，还有书本、书本、书本，还有老师和楷模。

"人会如此精明，真是难以置信。人会如此愚蠢，真是难以置信。人会如此善良，真是难以置信。人会如此卑鄙，真是难以置信。"

我也教诲别人。我说："我的叔叔亚历克斯·冯内古特教给了我一些十分重要的东西。他是个哈佛大学毕业的人寿保险商人，曾住在北宾夕法尼亚大街五〇三三号。他说如果非常美妙的事情出现，我们就一定要捕捉到这样的时刻。

---

1 罗伯特·平斯基（1940—），1997—2000年任美国桂冠诗人，倡导了"2000名美国人朗诵2000首最喜爱的诗"的诗歌普及运动。

"他指的并不是轰轰烈烈的成就，而是普通的片刻：也许是赤日炎炎的午后在树荫下喝柠檬水，或者是闻到附近面包房飘出的醇香，或者是悠然垂钓但并不在意是否有鱼上钩，或者是听到邻家屋子有人熟练地独自弹奏钢琴，乐声悠悠。

"亚历克斯叔叔让我在遇到这种心灵感受时大声喊出来：'如果这不算美事一桩，还有何事可言！'"

从另一方面来说，我也很幸运：在我一生的前三十三年，用笔墨在纸上讲故事是美国的主要行业之一。虽然我那时已有妻子和两个孩子，我做了一个很有经济头脑的决定：辞掉有医疗保险和退休待遇的通用电气公司公关员这一工作。我把小说卖给《星期六晚邮报》和《科利尔》，能赚到更多的钱。这两本周刊充斥着广告，每期刊登五篇短篇小说和悬念很强的连载故事。

这两家刊物是给我的产品出价最高的买家。还有许多杂志急需小说，因此短篇小说市场就像一部弹球机。把一篇小说寄给我的代理人后，我心里明白，尽管它可能一次又一次被退稿，但最终总会有人愿意付钱购买，或多或少。

但在我们一家从纽约的斯克内克塔迪搬迁到科德角不久，电视的出现使我靠玩小说弹球机谋生成了过时的老把戏，因为对广告商人而言，投资电视比杂志要划算得多。

我乘车往来于科德角和波士顿之间，为一家工业广告代理商工作，然后又代销萨博（Saab）汽车，再后又去一所专为那些糟糕透顶的纨绔子弟开设的私立中学教英语。

我的儿子马克·冯内古特医生写过一本书，内容是有关他自己在六十年代发疯的经历，书写得出类拔萃。然后他从哈佛医学院毕业。今年夏天，他在马萨诸塞州的米尔顿举办了他的个人水彩画展。一个记者问他，在一个名人家庭长大滋味如何？

马克回答说："我长大的时候，我父亲是个汽车代理商，就连到科德角专科学校找个教书匠的工作，也没能耐办成。"

5

　　我仍然不时构思些短篇小说，好像还能写出钱来似的。旧习难改。过去写作还能得到一时的名誉。读书人曾经兴味十足地互相谈论雷·布拉德伯里，或者J. D. 塞林格，或者约翰·契弗，或者约翰·考利尔，或者约翰·奥哈拉，或者雪莉·杰克逊，或者弗兰纳里·奥康纳[1]，或者任何其他人近期在杂志上发表的某篇小说。

　　一去不复返了。

---

[1] 雷·布拉德伯里（1920—2012），美国小说家、剧作家，主要作品包括《华氏451》等；J. D. 塞林格（1919—2010），美国小说家，代表作为《麦田里的守望者》；约翰·契弗（1912—1982），美国短篇小说作家，代表作包括《瓦普肖特纪事》及续篇《瓦普肖特丑闻》；约翰·考利尔（1901—1980），英国作家，著有《他的猴妻》，后移民到美国，写了不少电影脚本和短篇小说；约翰·奥哈拉（1905—1970），美国小说家，作品包括《萨马拉的约会》等多部长篇小说和短篇小说集；雪莉·杰克逊（1916—1965），美国女作家，代表作为短篇小说集《抽彩》（1949）；弗兰纳里·奥康纳（1925—1964），美国女作家，代表作包括《智血》（1952）和短篇小说《好人难寻》（1955）等。

我现在如果有了短篇小说的构思，就粗略地把它写出来，记在基尔戈·特劳特的名下，然后编进长篇小说。这里是另一篇从《时光错动之一》的尸身上切割下来的题为《B-36姐妹》的小说，这样开头："在蟹状星云里一个由女性统治的布布星球上，有三个姓B-36的姐妹。她们的姓氏与地球上一种用来向腐败政府领导下的平民投掷炸弹的飞机名一样，这纯属巧合。地球和布布星相隔遥远，根本无法交流。"

还有一处巧合：布布人的书写文字很像地球上的英语，由二十六个发音符号、十个数字和八个左右的标点符号以横排形式构成颇有特点的组合。

特劳特的故事是这么说的：三个姐妹都十分漂亮，但只有其中两人受到大众的喜爱，一个是画家，另一个是短篇小说作家。三妹是个科学家，总让人讨厌。她三句不离本行热力学，实在乏味不堪！她很妒忌两个姐姐。她暗暗下决心，要使她那两个搞文艺的姐姐感到"像猫把死老鼠拖进家里一样"。这是特劳特最喜爱说的一句话。

特劳特说，布布人是该星系中适应能力最强的。这要归功于他们了不起的大脑袋。他们的大脑可以进行程序设计，以至决定做或者不做、感觉或者不感觉任何东西。只要你说得出！

这种程序化不是通过外科手术或电，也不是通过任何其他神经病学的侵入方法来完成的。它是通过社会生活方式进行的，不必做其他事，只需谈话、谈话、谈话。对符合规范的良好感情和行为，成年人用称赞的语言同小布布人说话。青年人的头脑在对此做出反应时会产生电流，自动得到文明的乐趣，自动规范行为。

如果没有什么大事发生，通过给以最小的刺激使布布人在兴奋中获益，这似乎是个好办法，比如说，用特殊横向排列的二十六个发音符号、十个数字和八个左右的标点符号，或者镶有木框的平整表面上的几抹颜料。

小布布人在读书的时候，成年人可以打断他的阅读，根据书中不同内容问他："很可怜是不是？小女孩漂亮的小狗刚刚被垃圾车轧死。你读着是不是要掉眼泪了？"如果是一篇截然不同的故事，成年人会说："是不是很好笑？那个骄傲的阔老头踩到柠柠皮上，掉进没盖的下水道入口了。看了是不是快笑破肚皮了？"

柠柠是布布星球上一种类似香蕉的水果。

如果有人带一个未成年的布布人去艺术馆，小孩还会被问及这样的问题，某张画上的那个女人是不是真的在笑？有没有可能她心中不悦但脸上看上去还是那个样子？她结婚了没有？她有没有孩子？她待孩子好吗？你认为她接下来想到什么地方去？她想不想去？

如果画面上是一碗水果，成年人或许会问："这些柠柠看上去够好吃吧？好吃，嚼啊嚼啊！"

这些布布人教育孩子的例子，不是我凭空想象的，是基尔戈·特劳特写的。

通过这种方法，大部分——但不是全部——布布人的头脑中，会形成电流，或称作集成电路块也可以。这东西在地球上我们称为想象力。的确，正是因为广大的布布人具有充分的想象力，当短篇小说作家和当画家的B-36姐妹受到了宠爱。

三姐妹中的那个坏女人虽然也有想象力，但不属于鉴赏艺术领域。她不读书也不去美术馆。她小时候一有空就到隔壁疯人院的园子里去玩。园子里的精神病人不会伤害人，所以她同他们做伴被大家认为是值得嘉许的富有同情心的行为。但是那些疯子教她热力学和微积分，还有其他东西。

这个坏妹妹长成青年妇女后，她和那些疯子一起设计了电视摄像机、信号发射器和接收器。接着她从腰缠万贯的母亲那儿得到资金，生产和推销那些邪恶的器具，致使想象力成为多余。这些商品一下子走俏市场，因为节目十分吸引人，而且看节目不需要动脑子。

她赚了很多钱，但真正使她高兴的是她的两个姐姐开始感到"像猫把死老鼠拖进家里一样"。年轻的布布人认为没有必要继续培养想象力，因为他们只要按一下开关，就可以看到各种各样热闹放纵的蹩脚货。他们看着印刷的纸张和绘图，心中寻思，老看如此单调死板的东西，怎么可能让人获得快感。

坏妹妹的名字叫柠柠。她父母给她取名时，不知道她将来会变得如此苦涩。这主要不是因为她发明了电视机。不过她依然不受欢迎，因为她还是那样的乏味。于是她就发明了汽车、电脑、铁丝网、轰炸机、地雷、机枪，以及其他东西。她就是这样混账透顶。

新一代的布布人长大了，没有一点儿想象力。柠柠卖给他们的那些破烂玩意儿完完全全满足了他们的口味，使他们不再感到乏味单调。还会不满足？见鬼了。

然而，没有了想象力，他们也就没法像他们的祖先那样从别人的脸上阅读出饶有趣味的、感人肺腑的故事。于是，根据基尔戈·特劳特的说法，"布布人成了当地星系中最冷酷无情的生物"。

6

特劳特在二○○一年海滨野餐会上说，现在的生活十分反常，这点无可否认。他继续说："但是我们大脑的容量很大，足以通过像现在这样的人造意境，使我们适应不可避免的失败和可笑的结局。"他指的是星空下海边沙滩上的野餐聚会。"如果这还不算美事一桩，还有何事可言！"他说。

他声称用海带和龙虾、海贝一起蒸的玉米棒是仙品。他还说："今晚的女士多么像天使！"他是把玉米棒和秀色可餐的女士作为意念进行品尝的。其实他上颚假牙床不牢固，吃不了玉米棒。他与女人间的长期关系一直是灾难性的。在他创作的唯一一篇关于爱情的小说《再吻我一回》中，他写道："一个漂亮女人不可能一直像她的长相那般姣好，时间一长就原形毕露了。"

小说结尾的寓意是："男人都是愚蠢的怪物，女人都神经不正常。"

对我来说，人能创造的主要意境就是舞台剧。特劳特把舞台剧称作"人造时震"。他说："地球人还不知道自然界有时震现象时，就已经发明了它。"这话不假。当幕布拉起，第一场第一幕开始时，演员们都知道他们要说些什么、做些什么，以及不管是好是坏的所有事情最终将如何结局。但是他们别无选择，只能按部就班地做下去，就好像未来仍然是个谜团。

是这样，当二〇〇一年的时震将我们一下子弹回到一九九一年，它将我们过去的十年变成了未来的十年，因此，到时候我们都还记得说些什么、做些什么。

在下一次时震后的重播开始时，请记住：戏还得演下去！

今年到目前为止最使我感动的人工时震是一出老戏。这是已故作家桑顿·怀尔德[1]的《我们的小镇》。我大概已经看过五六遍了，但仍然兴趣不减。而今年春天，我可爱的十三岁女儿莉莉参加学校排演，在这部无辜的、感伤的名剧中扮演格洛弗角墓园中一个会说话的死人的角色。

这部戏将莉莉和她班里的同学从演出那天晚上一下子弹回到了一九〇一年的五月七日！时震！直到最后一幕女主角艾米丽的葬礼结束，剧场幕布徐徐降落为止，他们都成了桑顿·怀尔德想象中的过去的木偶。到演出结束他们才能重新生活在一九九六年。只有到那时，他们才能重新决定自己说些什么、做些什么。只有到那时，

---

1 桑顿·怀尔德（1897—1975），美国小说家、剧作家，著名作品除了剧作《我们的小镇》，还有哲理小说《圣路易·莱之桥》等。

他们才能重新支配自由意志。

莉莉扮演一个死去的成年人的那天晚上，我伤心地想到，她高中毕业时，我将已经七十八岁，她大学毕业时，我就八十二岁了，依此类推。还谈什么向往未来！

那天晚上真正对我造成心理冲击的是演出的最后一幕。送葬的人们将艾米丽埋下后，下山回到村里。艾米丽向他们告别，说道："再见了，再见了世界。再见了，格洛弗角……妈妈和爸爸。再见了嘀嗒行走的钟……还有妈妈的向日葵。还有吃的东西和咖啡。还有新烫好的衣服和热水浴……还有睡觉和醒来。啊，世界，你真是太美妙了，很多人没有意识到这一点。

"还活着的时候有谁真正意识到生活吗？——每一分钟、每一分钟的生活？"

每次听到这样的台词，我自己就变成了艾米丽。我还没有死，但有一个地方在很久很久以前早已与它说过再见，再见了。这个地方看来就像上世纪末本世纪初的格洛弗角一样，安全而纯朴，能够理解，能够接受，有嘀嗒作响的钟，有爸爸和妈妈，还有热水浴、新烫好的衣服和其他一切。

那就是原来的样子：我一生最初的七年，那时先来的该死的大萧条以及后来的第二次世界大战还没有把事情搞得不堪收拾。

听人说年纪一大你先没了脚力和眼力。这不正确。首先没有的是平行停车的能力。

我发现自己总是唠唠叨叨地讲一些几乎已经无人知道、无人关心的戏中的情节，比如《我们的小镇》中的墓园片段，或者田纳西·威廉斯的《欲望号街车》[1]中打扑克的场面，或者阿瑟·米勒的《推销员之死》[2]中那个勇敢耿直、普通得可怜的美国人威利·洛曼自杀后妻子所说的一句话。

　　她说："万事多加小心。"

　　在《欲望号街车》中，布兰奇·杜波依斯在被她姐夫强奸后被送进精神病院时说："我一直依靠的是陌生人的好心肠。"

　　那些台词、那些情景、那些人物，成了我年轻时感情上和道德上的界标，直到一九九六年的夏天依然如此。那是因为首次听到那些台词、看到那些场面的时候，我身处整个剧场全神贯注的着迷的观众之中。我被凝固了。

　　倘若我一个人独坐家中，吃着辣味烤干酪玉米片，盯着面前的阴极射线屏幕，对这些场面我就会无动于衷，就像看"周一晚橄榄球"那样索然无味。

　　早期电视最多只有五六个频道时，即便是一个人端坐家中，阴极射线屏幕上重要的优秀戏剧节目仍然能够使我们感到像全神贯注的剧场观众中的一员。那个时候，由于可供选择的节目有限，因此

1　田纳西·威廉斯（1911—1983），著名美国剧作家、小说家，原名托马斯·拉尼尔，代表作为《玻璃动物园》《欲望号街车》等。
2　阿瑟·米勒（1915—2005），著名美国剧作家，代表作为《推销员之死》《萨勒姆的女巫》等。

很有可能朋友和邻居观看的也是我们看的同一档节目，大家仍然觉得电视是个了不起的奇迹。

那时我们甚至可能就在当晚造访朋友，问一个我们已经知道答案的问题："你看那个节目了吗？嗬！"

一去不复返了。

7

大萧条和第二次世界大战对我而言是不可多得的经历。特劳特在海滨野餐会上声称，我们的这场战争将在影视中永存，而其他战争则不然，那是因为纳粹的军服很有特色。

近期我们常常在电视上看到，为了石油对某第三世界国家进行狂轰滥炸。谈到电视中我们的将军穿的迷彩装时，特劳特的评述语带不屑。"我无法想象，"他说，"这种花花绿绿的睡服在世界的任何地方会使他们不易被发现，而不是更加显眼。"

"很显然，"他说，"我们正准备在一个巨大的西班牙煎蛋卷中间打一场第三次世界大战。"

他问我，我的哪些亲戚在战争中受过伤。据我所知只有一个。那是我的太外公彼得·利伯。他是个移民，南北战争中一条腿受了伤以后，他成了印第安纳波利斯一家酿酒厂的老板。他是个理性主义者，也就是说，他对传统的宗教信仰存有疑心，如同伏尔泰、托马斯·杰弗逊和本杰明·富兰克林一样，也如同后来的基尔戈·特劳特和我一样。

我告诉特劳特，彼得·利伯的英国籍连长给他的下属分发基督教宣传小册子作为精神激励，而他手下的士兵全是些来自德国的理性主义者。听了我的叙述，特劳特讲述了他自己改编的《圣经·创世记》故事。

正巧，我身边有录音机，于是打开录下。

"请别吃了，仔细听着。"他说，"我说的内容很重要。"他停顿了一下，用左手拇指关节将假牙盘朝嘴的上颚推了推。每过两分钟左右假牙盘又会松落下来。他是个左撇子，就同我以前一样，后来我父母硬让我调整过来。我的两个女儿伊迪丝和莉莉也都是左撇子。我们亲昵地称她们俩"提桶伊迪"和"棒糖莉莉"。

"宇宙之初，世上一无所有，我的意思是绝对空无一物。"他说，"但是，无意寓着有，就如上意寓着下，甜蜜意寓着酸楚，男人意寓着女人，迷糊意寓着清醒，幸福意寓着悲哀一样。朋友们、邻居们，我不得不告诉你们，我们只不过是一个巨大的意寓之中的一个微不足道的小小的意寓。如果你们对此不满，为何不回到你们出来的地方？"

"无尽的虚无所意寓的第一件东西，"他说，"其实是两件东西，上帝和魔王撒旦。上帝是男的，撒旦是女的。他们各自意寓着对方，因此在新诞生的权力结构中是平等的竞争者。这个权力结构本身也只不过是一种意寓。权力是由虚弱意寓的。"

"上帝创造了天和地，"这位作品早已绝版的老科幻作家写道，"而地无形态，大洋表面之上是虚无和黑暗。上帝的神灵从海面掠过。撒旦也可以这么做，但她认为，为做一件事而做一件事太愚蠢。目的何在？开始时她缄口不言。

"但是当上帝说'让天上现出光'而光出现时，撒旦开始对上帝心存忧虑。她开始疑心重重：'他到底想干什么？他还要走多远？他是不是想让我帮他收拾这一副烂摊子？'

"接着，事态真的变得不堪收拾。上帝按照他自己漂亮的微缩版，创造了男人和女人，给了他们自由，以观察他们如何行事。"特劳特说，"伊甸园可以被看作罗马圆形剧场和罗马角斗场的原型。"

他说："撒旦无法取消上帝已经完成的事。但她至少可以让上帝创造的小玩具少一点痛苦。她发觉了上帝未曾察觉的东西：活着要么意味着难熬的乏味，要么意味着无尽的恐惧。于是她在一个苹果里装入了各种想法，至少可以用来打消烦闷，比如扑克牌和骰子游戏的规则、性交的方法、酿制啤酒或葡萄酒或威士忌的配方，以及各种可以吸其烟雾的植物的图画等。还有如何创作音乐、如何非常疯狂非常性感地唱歌跳舞的说明。还教你在别人踩到你脚趾时如何把他骂得狗血喷头。

"撒旦让一条蛇将苹果交给夏娃，夏娃咬了一口，递给亚当。他也咬了一口，然后两人开始淫乱。"

"我承认，"特劳特说，"苹果里的有些想法对少数品尝者有灾难性的副作用。"这里我们应该说明，特劳特本人不是个酒鬼，也不是吸毒者，也不是赌徒，也不是色情狂。他只动动笔杆子。

　　"撒旦别无他图，只想帮忙，很多时候都是如此。"他下结论说，"她用来医治社会疾病的秘方，偶尔会有严重的副作用。但她努力推广的实绩，并不比现今声誉最好的药房逊色。"

8

　　撒旦酒精饮料配方单的副作用,在许多伟大美国作家的一生中产生了不良影响。在《时光错动之一》中,我构思了一个叫离宫的作家度假村,其中的四个客房套间都是以获诺贝尔文学奖的美国作家的名字命名的。欧内斯特·海明威套间和尤金·奥尼尔[1]套间在大楼的二层,辛克莱·刘易斯[2]套间在三层,约翰·斯坦贝克[3]套间在汽车房里。

　　自由意志重新闯入的两个星期后,基尔戈·特劳特到达离宫时惊呼道:"你们的四个摇笔杆子的英雄全都是有案可稽的酒鬼!"

　　嗜赌摧毁了另一个作家威廉·萨洛扬[4]。狂饮加上嗜赌搞垮了记

1　尤金·奥尼尔(1888—1953),著名美国剧作家,代表作为《毛猿》《送冰人来了》《进入黑夜的漫漫旅程》。

2　辛克莱·刘易斯(1885—1951),著名美国小说家,代表作为《大街》《巴比特》。

3　约翰·斯坦贝克(1902—1968),著名美国小说家,代表作为《愤怒的葡萄》。

4　威廉·萨洛扬(1908—1981),美国剧作家、小说家,作品很多,言情庸俗居多,文学地位不高。

者阿尔文·戴维斯，一个我十分思念的朋友。有一次我问阿尔[1]赌博中获得的最大刺激是什么。他说那是在一场通宵赌牌中他输得精光后获得的感觉。

几小时以后他带着不知从哪儿搞来的钱又回到了赌桌边，也许是向朋友借的，也许典当了用品，也许找了放高利贷者。他在桌边坐下，说："算我一个。"

已故的英国哲学家伯特兰·罗素说，由于对酒精、宗教或象棋三者之一的沉迷，他失去了许多朋友。基尔戈·特劳特同样难以自拔地沉迷于用墨水在铺平、漂白的干木纤维浆上以二十六个发音符号、十个数字和八个左右的标点符号进行有特色的横向排列。对所有把自己想象为他的朋友的人来说，他是个黑洞。

我结婚两次，离婚一次。我的两任妻子，简和现在的吉尔，都曾说过，在这方面我同特劳特十分相似。

我母亲沉湎于富人的生活，习惯了用人和无穷无尽的开销账单，喜欢举行奢侈的晚宴，经常坐头等舱去欧洲旅游。因此，可以说整个大萧条期间她受尽了孤独症的折磨。

她完成了文化适应！

经历了文化适应的人是指那些自以为是某类人，而发现别人已不再把他们当作那类人对待的人，因为外部世界已经不同以往。一

1　阿尔是阿尔文的昵称。

场经济灾难、一项新发明、外国的入侵或政治分裂，都能很快产生这种效果，快于你说一声"杰克·罗宾森"[1]。

在《放逐冥王星的一个美国家庭》中，特劳特写道："对任何种类的爱构成最有效打击的，是发现你原先合适的行为现已变得荒诞不经。"他在二〇〇一年的海滨野餐会的谈话中说："要是我没有学会如何在脱离文化和社会的状态下生存，那么文化适应早已把我的心打碎了一千次。"

在《时光错动之一》中，我让特劳特把他的短篇小说《B-36姐妹》扔进美国文学艺术院门前拴在消防龙头上的没盖的铁丝垃圾篓中。那地方在曼哈顿远离市区直通地狱的西一百五十五大街，百老汇向西两个门。那是二〇〇〇年圣诞节前夜那天下午，与假设中将每个人、每样东西一下子弹回到一九九一年的时震相隔五十一天。

我说过，文学艺术院的成员不用电脑，而热衷于用老办法创作老式的艺术。他们也经历着义化适应。他们就像蟹状星云中母权社会的布布星球上那两个搞文艺的姐妹一样。

真的有一个美国文学艺术院。在《时光错动之一》中，我把它的总部设在一幢豪华的大楼里。楼外门前真的有一只消防水龙头。大楼里面真的有一个图书馆、一个画廊、几个接待厅、会议室和工作人员的办公室，还有一个非常气派的大礼堂。

---

1 美国英语中的习语，表示"一眨眼的工夫"。

根据国会一九一六年通过的法令，文学艺术院不能超过二百五十个成员，都必须是美国公民，必须是杰出的小说家、剧作家、诗人、历史学家、散文作家、评论家、作曲家、建筑师、画家或雕塑家。

由于死亡，由于那个"狰狞的持镰收割者"[1]，他们的队伍不断缩小。还活着的成员的工作之一就是提名候补者，然后通过无记名投票，选出新人来填补空缺。

文学艺术院的创建人中包括老派作家，如亨利·亚当斯[2]、威廉·詹姆斯与亨利·詹姆斯兄弟[3]和塞缪尔·克莱门斯[4]，以及老派的作曲家爱德华·麦克道威尔[5]。他们的读者或听众不可能很多。他们唯一的工作器具，就是自己的大脑。

我在《时光错动之一》中说过，到了二〇〇〇年，他们那类艺术匠人在大众眼里，"就像制作玩具风车的手艺人一样古怪。这种风车自殖民时期以来一直被叫作'转转轮'，现如今只有在新英格兰旅游城还能看到"。

---

1 "狰狞的持镰收割者"是西方意象中的死神，穿黑袍的骷髅，手持长柄镰。
2 亨利·亚当斯（1838—1918），美国著名作家，代表作为自传《亨利·亚当斯的教育》。
3 兄弟俩是哥哥威廉·詹姆斯（1842—1910），美国实用主义哲学家和心理学家，机能心理学创始人；弟弟亨利·詹姆斯（1843—1916），美国著名小说家、评论家，作品包括《女士的画像》等。
4 塞缪尔·克莱门斯（1835—1910），笔名马克·吐温，美国著名幽默小说家，作品包括《汤姆·索亚历险记》《哈克贝利·费恩历险记》等。
5 爱德华·麦克道威尔（1860—1908），美国作曲家，尤以钢琴曲著名，主要作品包括《印第安组曲》等。

9

　　十九和二十世纪新旧交替时期，文学艺术院的创始人，和发明了录音机、电影和其他东西的发明家托马斯·阿尔瓦·爱迪生同处一个时代。但在第二次世界大战之前，这些旨在吸引全世界亿万人注意力的发明，还只能发出难听的沙哑叫声和摇曳的光影，还只是对生活本身进行挖苦的作品。

　　义学艺术院现在占据的人楼，是一九二三年由慈善家阿切尔·米尔顿·亨廷顿出资、麦克金-米德-怀特公司设计的。那年，美国发明家李·德弗雷斯特造出了新的器械，能给电影配上声音。

　　我在《时光错动之一》中有一个二〇〇〇年圣诞节前夜在莫妮卡·佩珀办公室的场景。莫妮卡是虚构的文学艺术院的行政秘书。那是基尔戈·特劳特将《B-36姐妹》手稿放入门口无盖铁丝垃圾篓里的那天下午，离时震发生还有五十一天。

佩珀夫人，也就是困于轮椅的残疾作曲家佐尔顿·佩珀的妻子，与我那个极端厌世的姐姐艾丽长得十分相像。艾丽死于很久以前的一九五八年，当时我三十六岁，她四十一岁。要债的一直逼到她生命的最后一刻。世上的一切都逼着她死于癌症。这两人都是漂亮的金发女郎，这点没问题。但她们身高都是六英尺二！两个女人在青少年时期就经历了永久性的文化适应，因为除了在非洲的瓦图西人[1]中间，这么高的女人在地球上的任何地方都显得格格不入。

　　两个女人都有不幸的身世。艾丽嫁给了一个不错的男人，但他在愚蠢的生意中亏掉了他们两人的所有积蓄，而后又亏了一些。莫妮卡·佩珀是造成她丈夫腰部以下瘫痪的原因。两年以前，在科罗拉多州艾斯本的一个游泳池里，她跳水碰巧落在他的身上。艾丽债台高筑，又有四个儿子要抚养，但至少她只要死一次就了事了。而在时震发生后，莫妮卡·佩珀还得再来一次燕式跳水，朝她丈夫身上砸去。

　　二〇〇〇年圣诞节的前夜，莫妮卡与佐尔顿正在文学艺术院她的办公室里交谈。他们俩年龄相同，都是四十岁，是生育高峰出生的那一代。他们没有子女。由于她的缘故，他那件器具已不顶用。佐尔顿哭笑无常显然有这方面的原因。但他吵闹主要是因为隔壁家那个五音不辨的孩子。那孩子通过一种叫"沃尔夫冈"[2]的新电脑软

1　瓦图西人居住在布隆迪和卢旺达的非洲部落，身材颀长，男子多高于两米。前面提到她们两人身高六英尺二，相当于一米八七，在女性中较为高大。
2　沃尔夫冈是著名作曲家莫扎特的名字。

件，谱写了一部模仿贝多芬但质量尚可的弦乐四重奏。

那个惹人讨厌的孩子的父亲，还偏偏把他儿子的电脑打印机里吐出来的乐谱拿来给佐尔顿看，问他写得好不好。

那条残腿、那件派不上用场的器具还不足以使佐尔顿情绪失控，一个月前，他当建筑师的哥哥弗兰克由于自尊受到几乎同样的打击而自杀身亡。对的，由于时震，弗兰克将被从坟墓里拖出米，当着妻子和三个孩子的面，再次一枪把自己的脑袋打崩。

事情是这样的：弗兰克到药店去买避孕套，或者口香糖，或者别的什么，药剂师告诉他，他十六岁的女儿已经成了建筑师，并想从高中退学，因为在中学里太浪费时间了。学校为接受职业教育的学生——那些只配进初级学院的低能儿——买了一种新的电脑软件，通过这个软件，为这个死气沉沉的地区的青少年设计了一个娱乐中心。这种电脑软件叫"帕拉迪奥"[1]。

弗兰克来到电脑商店，要求在购买之前先试一下"帕拉迪奥"。他不相信这种电脑软件对像他这样的受过专门教育、以建筑设计为专业的人会有什么帮助。于是，就在店里，在不到半个小时的时间里，"帕拉迪奥"完成了他让它做的事，画出了可供承包商按托马斯·杰斐逊[2]风格建造的一座三层停车库的图纸。

弗兰克尽他所能，提出了最不可思议的设计要求，满以为"帕

---

1 帕拉迪奥（1508—1580），意大利著名建筑师。
2 托马斯·杰斐逊（1743—1826），美国第三任总统，《独立宣言》主要起草人，喜好建筑艺术且颇有成就。

拉迪奥"一定会告诉他去另请高明。但事情并非如此。电脑向他发了一份又一份的信息表，问他设计停放多少辆汽车。由于各城市对当地城市建筑有不同规定，问他建在哪个城市、车库是否也供停放卡车使用，等等。它甚至还询问周围建筑的情况，是否能与杰斐逊风格的建筑融为一体。它还以迈克尔·格雷夫斯或贝聿铭[1]的方式向他提交可供选择的其他方案。

它告诉他排电线和管道的方案，以及他能说出的世界上任何地方的预估造价。

于是，弗兰克回到家里，第一次自杀。

两个二〇〇〇年圣诞节中的头一个圣诞前夜，佐尔顿·佩珀在他妻子的文学艺术院办公室又哭又笑。他对他漂亮但腼腆的妻子说："过去一个人在他的行业中遇到灾难性的大倒退，人们常用的说法是：把他的头放在盘子里端还给他。现在我们的头被镊子钳提着交还给了我们。"

当然，他指的是集成芯片。

---

1 迈克尔·格雷夫斯（1934—2015）和贝聿铭（1917—2019）都是世界著名的建筑师。

10

艾丽死于新泽西。她丈夫也是印第安纳州本地人，两人都葬在印第安纳波利斯的皇冠山公墓。安息于此的还有终身未娶的酒鬼印第安的诗人詹姆斯·惠特科姆·赖利[1]，还有三十年代可爱的银行抢劫犯约翰·迪林杰，还有我的父母库尔特和伊迪丝·冯内古特，还有哈佛毕业的人寿保险商、遇到高兴事儿就说"如果这还不算美事一桩，还有何事可言！"的我父亲的小弟亚历克斯·冯内古特，还有我们再前面两代的祖先：一个酿酒厂老板、一个建筑师、几名商人和几名乐师，当然，还有他们的妻子。

济济一堂！

约翰·迪林杰是个农家孩子，从监狱逃出，手持一把用破搓衣板削成的木手枪。他是用鞋油把枪涂成黑色的！此人真是妙趣横

---

1 詹姆斯·惠特科姆·赖利（1849—1916），美国诗人，以"布恩的本杰·弗·约翰逊"为笔名发表诗作。

生！逃跑期间，他抢劫银行，然后消失在荒野树林中。此间他还向亨利·福特[1]写了一封表示崇拜的信，感谢这位老反犹太分子制造了适合逃犯用的如此快速便捷的汽车！

在当时，如果你驾驶技术好，又有好的汽车，就有可能在警察的追捕中逃脱。这才叫公平竞赛！这就是我们所说的在美国每个人都应得到的东西：一块平整的运动场地！迪林杰只抢阔佬大户，抢武装警卫看守的银行，而且事必躬亲。

迪林杰不是个阴险的、面堆笑容的骗子。他是个运动健将。

总有人起劲地在公立学校的书架上搜寻煽动性的书籍，这种举动永远不会停止。但两种颠覆性最大的作品却无人问津，而且丝毫未遭怀疑。其中之一是罗宾汉[2]的故事。虽然约翰·迪林杰没有受过什么教育，但显然他从罗宾汉的故事中得到了激励：这是一个男子汉在生活中该如何体面行事的榜样。

在当时美国非知识分子家庭中，电视上的无数剧目尚未充斥孩子们的头脑。他们只听过或者读过有限的几篇故事，因此记得住，也有可能从中学到点什么。在世界上任何一个英语国家，《灰姑娘》总是这类故事中的一个，《丑小鸭》是另一个。再一个就是罗宾汉的故事。

还有一则像罗宾汉的故事那样对既定权威表示不屑的是《新约全书》中描述的耶稣基督的生平。《灰姑娘》和《丑小鸭》则

1　亨利·福特（1863—1947）是福特汽车公司的创始人、著名企业家。
2　英国民间传说中劫富济贫的绿林好汉。

不属于此类。

在那个没结过婚的同性恋局长杰·埃德加·胡佛的命令之下，联邦调查局的雇员枪杀了迪林杰，在他带着女友从电影院出来时，当场将他击毙。他没有拔枪，没有带刀，没有向他们冲去，也没有企图逃跑。他像其他人一样，从电影院走入真实世界，从幻境中苏醒。他们杀死他是因为长期以来那些戴浅顶软呢帽的联邦调查员，都被他弄得像精神失常的傻瓜蛋。他们无法容忍。

那是一九三四年的事。当时我十一岁，艾丽十六岁。艾丽哭了，发了火。我们两人一起咒骂与迪林杰一起到电影院的那个女人。那个婊子——没有什么别的可以称呼她了——向联邦调查局告了密，告诉他们迪林杰那天晚上会在哪里出现。她说她将穿一条橘黄色的连衣裙。那个走在她身边同她一起出来的难以描述的家伙，就是联邦调查局同性恋局长指定的头号公敌。

她是个匈牙利人。有句老话说："如果你有个匈牙利人做朋友，你就不需要敌人。"

迪林杰葬在皇冠山公墓离西三十八街篱墙不远的地方，艾丽后来同他的大墓碑一起照了相。自从我那位枪疯子父亲在我生日那天送给我一把点二二口径半自动步枪后，我也常常来到他的墓碑前打乌鸦。那时乌鸦属于人类的敌人。只要一有机会，它们就会吃我们的粮食。

一个我认识的孩子射下一只金雕。你应该看看两侧翅膀拉开有多长！

艾丽反对杀生，于是我不再打猎，父亲也不干了。我在前面说过，他是个枪疯子，打猎是为了证明，虽然他是搞艺术的，从事建筑设计、绘画和制陶，但他并没有女人气。我本人在公开的演讲中常说："如果你真想把你的父母气疯，而又没有胆量去搞同性恋，至少，你可以去干艺术这一行。"

父亲认为他仍可以去钓鱼，以此凸显自己的男子汉气质。但是我哥哥伯尼又把他的雅兴给搅了。他说，这就像砸一块瑞士怀表或其他精工细制的器械一样，是一种罪孽。

我在二○○一年海滨野餐会上告诉基尔戈·特劳特，我的哥哥、姐姐如何使父亲为钓鱼、打猎而感到羞耻。他引用了莎士比亚的一句话："忘恩负义之逆子，甚于毒蛇利齿！"

特劳特是自学成才的，连高中都没有毕业。他能引用莎士比亚的话，我当时略略感到吃惊。我问他是否熟记了这位伟大剧作家的许多名言，他说："是的，亲爱的同僚，其中还包括一句完全概括了人类生活真谛的描述，致使后来的作家再写任何一个字只能是多余的。"

"是哪一句名言，特劳特先生？"我问。

他说："'世界是一个舞台，所有男男女女都是过场的演员。'"

11

经过多年的努力和失败之后，我显然已无法再写出可供发表的小说了。去年春天我在给老朋友的一封信中，解释了何以如此的原因。这个朋友是爱德华·缪尔，诗人兼广告商人，与我同龄，住在斯卡斯代尔。我在长篇小说《猫的摇篮》中说，如果没有合乎逻辑的理由，某个人的生活老是与你的纠缠在一起，那么他很可能就是你的同路人，是上帝为了办成某件事而把你们投放在一起。爱德·缪尔[1]肯定是我同路人。

让我告诉你：第二次世界大战后我在芝加哥大学时，爱德也在该大学，但我们互相不认识。我到了纽约的斯克内克塔迪为通用电气公司当公关员，爱德也去了那儿，在联合学院当教师。我辞掉了通用电气公司的工作，搬到科德角，他又在那儿出现，为"好书俱乐部"招收新成员。我们最终碰面了。不管是不是在为上帝办事，

1　即前文的爱德华·缪尔，爱德是爱德华的昵称。

我的第一个妻子简和我本人成了"好书俱乐部"一个分部的负责人。

他在波士顿找了个广告职位，我也搬到了那座城市，但并不知道他已先我而行。爱德的第一次婚姻破裂时，我和妻子也一刀两断，而现在我们又都在纽约。但我想说明的是以下一点：我给他寄了那封关于作家思维阻塞的信，他对信进行了改动后又寄还给我，使它看上去像一首诗歌。

他略去了信后致礼的部分以及开头的几行。那几行字中我称赞了《读者思维阻塞》一书，此书作者戴维·马克森是他的联合学院的学生。我说，现在不管小说写得多么精彩，很少有人为之所动，这种情境之下他写出了这么一本好书，戴维不应该感谢命运。一些诸如此类的话。我手头没有用普通格式写的原信。改成诗体后，它是这样的：

> 不必感谢命运。
> 在我们离去时，不再会有人
> 为纸上的墨水怦然心动
> 意识到它的价值。
>
> 我遭受着一种疾病的折磨
> 很像轻度肺炎，但应称为
> 轻度的作家思维阻塞。

我每天在纸上涂满文字，
这些小说决不会有个什么结果，
我发现它们一文不值。

《五号屠场》被一个
德国青年改成了剧本，
将于六月在慕尼黑首演。
我不会前去捧场。
没有一点兴趣。

我很喜欢"奥卡姆剃刀"
或称"吝啬法则"，就是说
对现象最简单的解释
也常常最为可信。

通过戴维的开导，我已明白，
在我们的体态英语帮助之下，
作家阻塞的思维终于发现
我们所爱之人的生命
是如何真正结束的，而不是
如同我们希望的那样。
小说是一种体态语言。

管他呢。

亏得爱德进行了这样的改动。另一则关于他的不错的故事发生在他为"好书俱乐部"当旅行推销员的时候。他是个小诗人,偶尔在《大西洋月刊》之类的杂志上发表一些诗作。但是他的名字与一九五九年去世的苏格兰人、大诗人爱德温·缪尔[1]几乎一样。有些涉猎广泛而又迷迷糊糊的人问他是不是那位诗人,指爱德温。

有一次爱德对一位女士说,他不是那位诗人,她表现出极大的失望。她说她最喜欢的诗歌之一是《诗人为他的孩子掩饰》。看事情给搅的:这首诗正是美国人爱德·缪尔的作品。

---

1 爱德温·缪尔(1887—1959),苏格兰文学评论家、翻译家,是当时用英语写作的主要苏格兰诗人之一,主要诗作有《航程》《迷宫》等。

12

但愿《我们的小镇》是我写的。但愿滚轮冰刀是我发明的。

我曾问已故的海明威的朋友和传记作家爱·伊·霍奇纳,如果打自己的那一枪不算,海明威有没有向人开过枪?霍奇纳说:"没有。"

我曾问已故的伟大的德国小说家海因里希·伯尔[1],德国人性格中的基本弱点是什么?他说:"顺从。"

我曾问我收养的三个外甥中的一个,我的舞跳得怎样?他说:"还过得去。"

1　海因里希·伯尔(1917—1985),德国作家,1972年获诺贝尔文学奖,以短篇小说见长,代表作有《亚当,你到过哪里?》。

我落魄时曾在波士顿找了个当广告抄写员的工作。一个助理会计问我冯内古特是哪个国家的姓氏。我说："德国。"他说："德国人杀害了六百万我的同胞兄弟。"

　　你想知道为什么我没得艾滋病，为什么我不像许多人那样是HIV阳性？我没有到处去乱搞。事情就这么简单。

　　特劳特说，艾滋病以及梅毒、淋病和其他花柳病的新菌种，为何像上门推销"雅芳"化妆品的女士那样到处乱窜，这里头有个故事：在一九四五年九月一日第二次世界大战刚刚结束时，所有化学元素的代表在特拉法玛多星球上召开了一个会议。他们在那里聚集为的是抗议他们中的一些成员被结合进了像人类那样遢遇、卑鄙、既凶残又愚蠢的大生物体中。

　　诸如钋和镱这类从来不是人体基本组成部分的元素感到十分愤怒，它们认为不该有任何化学元素遭到如此滥用。

　　碳自己虽然是参与历史上无数大屠杀的不光彩的老手，却把会议的注意力引向十五世纪英格兰以叛国罪公开处死的一个人。他被吊上了绞刑架，但没有死成又被救活。然后他的肚皮被切开。

　　刽子手拉出他腹中的一串肠子。他把肠子举在那人面前，用火把烧烤。肠子还和那个人的内脏连着。刽子手和他的助手将此人的四肢捆在四匹马上。

　　他们用鞭子抽马，将那个人撕成不规则的四块。他们把这四块尸体用卖肉的钩子挂起来，在市场上示众。

据特劳特所言，开会之前大家都同意，谁也不谈成年人对儿童做出的可怕事情。好几位代表威胁说，如果要他们坐在那儿听那些令人发指的故事，他们将抵制会议。说了又有什么用呢？

"成年人对成年人的所作所为已经不再留下任何异议，人类应该被消灭。"特劳特说，"可以这么说，再去重述成年人对儿童做出的令人作呕的事，实在是画蛇添足。"

氮哭诉道，它无意中成了第二次世界大战期间死亡集中营的纳粹卫兵和医生的帮凶。钾讲述了令人毛骨悚然的西班牙宗教审判的事例，钙讲述了罗马的角斗，氧讲述了黑非洲的奴隶史。

钠说，到此为止，不必再言。继续提供例证已是多此一举。会议通过一项提案，与医药研究有关的所有化学元素必须尽可能携手合作，制造出各种新的强力抗生素。这些抗生素会导致致病微生物产生新的具有免疫力的变体菌株。

钠预言，在不久的将来，任何一种人类疾病，包括粉刺和股癣，不但无药可治，而且都能致人死命。"所有人类都将死亡。"根据特劳特所写，钠是这么说的，"就如宇宙诞生之初一样，所有元素都将从罪恶中得到解脱。"

铁和镁支持钠的提案。磷提议进行投票表决。提案在掌声中得到通过。

13

佐尔顿·佩珀对他的妻子说：现在人们的脑袋不是放在盘子里端还给他们，而是用镊子钳提着交还给他们。那是二〇〇〇年圣诞节前夜，他说那番话的时候，基尔戈·特劳特正在美国文学艺术院的隔壁。当那位下肢瘫痪的作曲家正在发表让人与更聪明的机器去竞争如何丧失理智等一番高谈阔论时，特劳特没听到他的夸夸其谈。他们两人之间隔着一道厚厚的砖墙。

佩珀用反问句问了一个问题："有什么必要煞费苦心，花费如此巨大的财力，最后把自己羞辱一番？我们本来就不认为自己是什么了不起的东西。"

特劳特坐在为无家可归者开设的住宿营的帆布床上。这地方原来是美洲印第安人博物馆。这位有可能是历史上最多产的短篇小说作家，是在警察对纽约——从公共图书馆到第五大道和第四十二街交界处这一地段——进行大清扫时被抓获的。他和那一地段的其他十三名流浪汉一起，坐上黑色的校车，被送到远离市区直通地狱的西一百五十五大街住宿营里。特劳特称他的同伴们为"圣牛"。

在特劳特到达前五年，美洲印第安人博物馆将其馆藏展品搬迁到了市中心更加安全的地区，藏品中包括那些被征服的土著人的残留物，以及事情不堪收拾之前他们如何生活的立体场景。

他在二〇〇〇年十一月十一日跨过了又一个里程碑，现在已是八十四岁高龄。他将在二〇〇一年的劳动节去世，享年仍是八十四岁。但是在那之前，时震将带给他、带给我们每一个人一件意想不到的十年生命的奖励——如果你能将其称作奖励的话。

重播结束后，他在永远完不成的自传《我的十年自动飞行》中是这样写这一段时间的："听着，如果不是时震拖着我们经历一个又一个的坎坷，那么一定是其他某种同样低鄙、同样强大的势力让我们有如此经历。"

"这个男人，"我在《时光错动之一》中写道，"是个独生子。十二岁那年，他在马萨诸塞州北安普顿当大学教授的父亲谋杀了他的母亲。"

我提到过，特劳特是个流浪汉。自一九七五年秋季以来，他一直把写好的小说稿扔掉，而不送去发表。我也说过，那是在他得到独生子利奥去世的消息之后。利奥从美国海军当逃兵后，在瑞典获准政治避难，并在一家造船厂当电焊工。在一次偶发事故中他的脑袋被削掉。

我也讲到，特劳特五十九岁开始流浪，一直没有家，直到临近死亡，他才住进罗德岛叫离宫的作家度假村海明威套房，才算安顿下来。

美洲印第安人博物馆是历史上规模最大、持续时间最长的大屠杀的见证。特劳特登记入住这个原来的博物馆时，小说《B-36姐妹》在他的衣袋里可以说热得烫手。他是在市中心的公共图书馆里写完这篇小说的，还没来得及处理掉，警察就将他拘捕。

于是他披上那件作为战争剩余物资的海军外衣，告诉住宿营的职员他的名字叫文森特·凡·高[1]，没有活着的亲戚。然后他走到室外，把手稿扔进美国文学艺术院门前用链子锁在消防龙头上无盖的铁丝垃圾篓里。天气十分寒冷，简直要把外面那只铜猴的睾丸给冻得掉下来。

他离开十分钟后回到住宿营时，那个职员对他说："你到哪儿去了，文森特？我们都在找你。"他告诉特劳特他的帆布床在哪里。他的床紧挨着隔开住宿营和文学艺术院的那堵墙。

在属于文学艺术院的那一侧墙上，在莫妮卡·佩珀的青龙木写字台上方，挂着一幅乔治娅·奥基弗[2]的画：沙漠上的一具白色牛头骨。而在特劳特帆布床上方那一侧墙上，是一条标语，让他把家伙插进任何东西之前，先要戴上避孕套。

---

1 文森特·凡·高（1853—1890），荷兰画家，后印象主义画派代表。
2 乔治娅·奥基弗（1887—1986），美国现代派女画家。

时震袭来，再后"重演"，最终结束。自由意志再度闯入人心时，特劳特和莫妮卡终于互相认识。顺便说一下，她的写字台从前属于作家亨利·詹姆斯，她的椅子曾是作曲家、指挥家利奥纳德·伯恩斯坦[1]的。

时震袭来前五十一天，当特劳特意识到他的帆布床与她的写字台多么接近时，他讲了下述这些话："我要是有个火箭筒，就把隔开我们两人的墙轰出一个洞来。如果我没有把其中一个，或者我们俩全都打死，那么我就会问你：'一个像你这样的好姑娘在这种地方干些什么？'"

1　利奥纳德·伯恩斯坦（1918—1990），美国著名指挥家、作曲家、钢琴家，曾任纽约交响乐团指挥。

14

在住宿营，特劳特旁边床位的一个叫花子祝他圣诞快乐。特劳特回答道："叮儿——铃！叮儿——铃！"

你也许会以为，这是圣诞老人驾着雪橇从屋顶上走过的铃铛声。他的回答与节庆气氛相符，那纯属巧合。任何人向他打招呼，说些没内容的话，如"近来好吗"或者"天气不错"或者诸如此类的话，不管什么季节，他都可能回答"叮儿——铃！"。

根据手势体态不同、音调和社交场合不同，他的意思确实可能是"也祝你圣诞快乐"。但这话就如夏威夷人说"阿罗哈"一样，也可以用于取代"你好"或"再见"。这位老科幻作家还可以使它的意思变成"请"或"谢谢"，或者"是"或"不是"，或者"我完全同意你的看法"，或者"给你脑子里塞满炸药，也不够把你帽子炸飞"。

二○○一年夏天我在离宫问他，"叮儿——铃"是如何成了他交谈中不断出现的一种音符、一种优雅的装饰音？他给了我一个解释，后来我发现他只是敷衍搪塞而已。他说："那是在战争期间我们发出的呼喊，每当我发出炮击的信号，炮弹又正好击中目标时，我就发出欢呼：'叮儿——铃！叮儿——铃！'"

那是海滨野餐会之前的那个下午。一小时之后，他勾着手指向我示意，让我到他的房间去。我进屋后，他就关上了房门。"你真的想知道'叮儿——铃'的意思？"他问我。

当时我相信了他前面的那个解释，但是特劳特有更多的话要告诉我。我刚才那个无辜的问题，使他回想起了在北安普顿的可怕童年。不说出来，他心里无法平静。

"我十二岁的时候，"基尔戈·特劳特说，"我父亲谋杀了我的母亲。"

"他把她的尸体藏在地窖里，"特劳特说，"但当时我只知道她失踪了。父亲对天发誓说，他不知道发生了什么事。他说，也许她到亲戚家去了——许多杀妻犯都是这么说的。那天上午我上学离开后，他把她杀了。

"那天晚上，他做了我们两个人吃的饭。父亲说，如果明天上午还没有她的消息，他就去警察局报告她失踪的事。他说：'她近来好像一直很疲倦，很紧张。你注意到了吗？'"

"他神经不正常，"特劳特说，"如何不正常？那天半夜他走进我的卧室，把我唤醒。他说有要紧事对我说。其实什么要紧事也没有，他讲的是一个下流的笑话，但这个可怜的病人却认为，这故事是他一生遭受的各种可怕打击的一个缩影。故事讲的是一个逃犯，他来到一个他认识的女人家里，躲避警察的追捕。"

"她起居室的屋顶像教堂，也就是说从墙到屋顶最高处成拱形结构，下面横架着粗大的橡木，形成中间的空间。"特劳特停顿了一下，沉浸在故事里面。他父亲当时肯定也是这样。

特劳特在以自杀的欧内斯特·海明威命名的套间里继续说："她是个寡妇。他把衣服脱光了，她去找她丈夫的衣服给他更换。但他还没来得及穿上，警察的警棍已在拼命地敲打着前门。于是，逃犯爬上去躲在木椽子上面。当那个女人开门让警察进来时，他巨大的睾丸从椽子空隙处悬垂下来，暴露无遗。"

特劳特又停顿了一下。

"警察问女人，那个男人在什么地方。女人说她不明白他们说的是谁。"特劳特说，"一个警察看到睾丸在木椽夹缝中悬着，便问那是什么。她说那是中国寺庙里挂的铃铛。他信了她的话。他说他一直想听中国寺庙的铃声。"

"他用警棍抽了一下，但没有声音。于是他打得更重，又一下，然后又非常使劲地再猛抽一下。你知道那个躲在木椽子上面的家伙怎么尖叫的吗？"特劳特问我。

我说不知道。

"他叫了起来：'叮儿——铃，你这个狗杂种！'"

15

在美洲印第安人博物馆将其大屠杀纪念品转移时，文学艺术院也应将它的人员和藏品挪到一个更安全的区域。但它现在仍在城市边缘，在远离市中心直通地狱的地方，方圆几里地除了活着也没多大意思的人，一无所有。而文学艺术院的成员日益减少，且士气低落，懒得做出搬迁的决定。

实话实说，唯一对文学艺术院何去何从表示关心的，是里面的工作人员：办公室行政人员、清洁维修工和武装警卫。这些人对老式艺术大多无甚兴趣。他们需要的是工作，工作有没有意义对他们无关紧要。这使人想起三十年代大萧条期间，只要找到一份工作，不管什么工作，人们都会欣喜无比。

特劳特把当时他设法找到的工作描写为："从布谷鸟报时钟的钟壳里清除鸟粪"。

文学艺术院的行政秘书当然需要这份工作。那个同我姐姐艾丽长得十分相像的莫妮卡·佩珀在一次燕式跳水中使她的丈夫丧失了战斗力。她是她本人和她丈夫佐尔顿两人生活的唯一支柱。于是，她把文学艺术院的建筑进行了加固，用半英寸厚的钢板换下了原来木制的大门，装上了同样可以关闭、上锁的猫眼——或者叫窥孔。

她尽其所能，使这个地方看上去像个遭受过洗劫的废弃场所，就像朝南两英里哥伦比亚大学的废墟那样。窗户也像前门一样，用钢板防护，然后在钢窗板上覆上粗糙的胶合板，涂上黑漆，再在上面喷上一些字画，进行伪装。整幢大楼表面都是如此。窗板上花花绿绿的艺术作品是文学艺术院职工自己绘制的。莫妮卡·佩珀本人用橘黄色和紫色喷漆在钢板大门上从一端到另一端写上"去他娘的艺术！"几个大字。

凑巧，当特劳特将他的《B-36姐妹》扔进门外垃圾篓里的时候，一个名叫达德利·普林斯的非洲裔美国人武装警卫正从大门的"猫眼"朝外张望。叫花子同垃圾篓打交道本不是什么新鲜事，但特劳特在垃圾篓前举止古怪，而且普林斯又把他当作一个捡垃圾的老太，而不是个男叫花子。

远处看到的特劳特外表奇特：他穿的不是长裤，而是三层保暖内衣，外披是战时剩余物资里不分男女的大衣，衣下摆下面，裸露着小腿肚子。没错，他穿的是凉鞋，而不是靴子，头上包的是印着红色气球和蓝色玩具熊的儿童毯子改制的头巾，因此看上去更像女人。

特劳特站在那里手舞足蹈地对着无盖的铁丝垃圾篓说话，好像面对的是老式出版社的某位编辑，也好像那四张黄颜色的手写稿子是一部伟大的小说，肯定会像烤饼那样热销。他一点儿也没有丧失理智。对当时的举动他后来说："精神失常的是这个世界。我只是在一场噩梦中自娱自乐，与想象中的编辑争论些关于广告预算、改编成电影后由谁来演谁以及被电视台请去当贵宾等事情，是些全然无损于他人的滑稽东西。"

他的举动如此不合常理，以至一个真正捡破烂的老太走过时问他："你没事吧，亲爱的？"

对此，特劳特神采飞扬地回答道："叮儿——铃！叮儿——铃！"

然后，当特劳特回到住宿营后，武装警卫达德利·普林斯因闲得无聊，又在好奇心的驱使下，打开了钢板大门，将手稿捡回。他想知道，这个在常人眼里活着也受罪的捡破烂的老太如此兴高采烈地扔掉的到底是什么东西。

16

不管它的价值如何，以下是我从基尔戈·特劳特未完成的自传《我的十年自动飞行》中摘引下来并收入《时光错动之一》的关于时震、余震和重播的解释：

"二〇〇一年的时震是一次宇宙命运的肌肉抽筋。在那一年二月十三日纽约市下午二点二十七分，宇宙遇到了自信危机。它该不该无限制地扩大延伸？意义何在？

"宇宙因失去主见而颤动了一下。也许它应该来一次初始时的家庭大团聚，然后再来一次大爆炸。

"它突然收缩了十年时间，将我和其他所有人一下子弹回到一九九一年二月十七日，当时对于我是早上七点五十一分，我站在加利福尼亚圣迭戈市血库前的一队人中间。

"然而，出于某个只有宇宙自己知道的原因，它决定至少暂时取消家庭团聚。它继续膨胀。如果有派别的话，哪个派别投了关键的一票，决定扩展还是收缩，这点我不得而知。尽管我已活了八十四年，如果把重播算进去就是九十四年，还有许多关于宇宙的问题仍然是我所难以回答的。

"现在有人在说，'重播'连续十年，只缺四天，说明上帝是存在的，也说明他用的是十进制。他们说，他像我们一样有十个手指和十个脚趾，做算术时用来扳着数。

"我不敢苟同。我实在是忍不住。我生来就是那样的人。即使我那个在马萨诸塞州史密斯学院当鸟类学教授的父亲雷蒙德·特劳特没有谋杀当家庭主妇的诗人母亲，我相信我还是那样的人。但话又说回来，我从来没有认真研究过不同的宗教，因此没有资格大发议论。我唯一确切知道的是，虔诚的穆斯林不相信圣诞老人。"

在两个二〇〇〇年圣诞节中的第一个圣诞节前夜，仍然笃信宗教的非洲裔美国人武装警卫达德利·普林斯认为，特劳特的《B-36姐妹》很可能是上帝本人递送到文学艺术院的函件。发生在布布星球上的事，同他本人所在的星球上正在发生的一切，尤其同他的雇主们，毕竟有很多相似之处，同百老汇朝西相隔两个门、远离市区直通地狱的西一百五十五大街上的文学艺术院的情况也十分相似。

特劳特是在重播结束、自由意志再次闯入人脑后才开始认识普林斯的。认识莫妮卡·佩珀和我也是那个时候。由于时震对普林斯带来的不幸，他变得像我姐姐艾丽那样对存在着一个智慧、正义的上帝的说法不屑一顾。艾丽有一次曾说："如果上帝存在，那么他肯定憎恨每个人。我只能这么说。"她说这话不光出于个人感受，而是就每个人的生活而言。

特劳特听说了二〇〇〇年第一个圣诞节前夜普林斯如何一本正经地把《B-36姐妹》当成了至关重要的大事，如何以为一个捡破烂的老太在把黄色的手写稿子扔掉时故意装弄一番，以确保普林斯心存好奇，想知道是什么东西，并将稿子捡回来。这时，这位老科幻作家说："完全可以理解，达德利。任何一个像你过去一样能相信上帝的人，相信布布星球自然是小菜一碟。"

达德利·普林斯腰里别着带皮套的手枪，身着保安公司的制服，昼夜二十四小时守卫着四面楚歌的文学艺术院。在当时，离两个二〇〇〇年中的第一个圣诞节还有五十一天，他一身制服，神气活现，体现了权威和正气。我们来听听将要发生在他身上的故事：时震将把他一下子弹回到那个黑洞里，回到纽约州实施最高级别防备措施的成人教养中心高墙哨塔层层包围之中的单独监禁牢房。这地方叫雅典娜，在他家乡罗彻斯特以南六十英里。他在家乡曾开一家录像带出租店。

时震使他年轻了十岁。话虽这么说，他的案子却无法一笔勾销。这意味着他又得为一个纯粹莫须有的罪名被判连服两个无期徒刑，没有任何假释的可能。他被指控在罗彻斯特精神病院强奸并谋杀了名叫金伯莉·王的少女，是一个华裔和一个意大利裔美国人生的十岁的混血姑娘，而他其实完全是无辜的。

众所周知，在重播开始时，达德利·普林斯像我们每个人一样能记住接下来的十年中将发生的每一件事。他知道七年以后，通过对受害者内裤上的干精液进行DNA测试，他将被宣布无罪，而可以为他洗清不白之冤的证据又得被长期锁在地方检察官的大冷藏柜里的一个透明袋中。地方检察官设圈套诬陷他，图谋得到当州长的提名。

哦，还得提一下，又过了六年以后，人们会在卡尤加湖底发现这个地方检察官，脚上套着水泥靴。而与此同时，普林斯还要去争取高中同等学力文凭，并使耶稣成为他生活的中心，如此等等。

再后来，他被释放以后，他与其他同样被错判后遭监禁、后又无罪释放的人一起被邀请到电视台，参加座谈节目，并告诉观众监狱对他来说是最最幸运的地方，因为在那里他发现了耶稣。

17

在两个二〇〇〇年圣诞节前夜中的一个——是哪一个没有关系，因为人们除了知道是前是后，再没有其他任何差别——达德利·普林斯这位前囚徒将《B-36姐妹》交到了莫妮卡·佩珀的办公室。当时，她那位坐在轮椅上的丈夫佐尔顿正在预言，不久的将来地球将是一个文盲的世界。

"先知穆罕默德做不到这一点，"佐尔顿说，"耶稣、玛利亚和约瑟也许也做不到，抹大拉的马利亚做不到。查理大帝坦言他无法做到。[1]这实在太难了！整个西半球没有人能够做到，甚至连深沉老练的玛雅人、印加人和阿兹特克人[2]也无法想象如何才能做

---

1 穆罕默德（约570—632），伊斯兰教创立人；玛利亚，《圣经》中圣母玛利亚，耶稣之母；约瑟，《圣经》中圣母玛利亚之夫，耶稣的养父；抹大拉的马利亚，《圣经》中耶稣最著名的门徒之一，为女性；查理大帝（约742—814），法兰克王国国王（768—800），查理曼帝国皇帝（800—814），称查理一世。
2 玛雅人是中美洲印第安人的一族，具有高度发达的文明；印加人，又译印卡人，南美印第安人的一族，曾建立印加帝国；阿兹特克人现为墨西哥的印第安人，具有高度发达的文明。

到——直到欧洲人的到来。

"当时大多数欧洲人也不会读书写字。少数学文识字的就是专家。我可以向你保证，亲爱的，由于电视机的存在，过去的状况很快就会复原了。"

不管是首次还是重播，接着达德利·普林斯插话说："对不起，我想也许某个人有要事相告。"

莫妮卡快速阅读着《B-36姐妹》，越来越不耐烦，最后认定此文荒诞不经。她把小说稿交给她丈夫。他扫了一眼，看到作者姓名时，就像触了电似的。"我的老天爷，我的老天爷，"他叫道，"整整二十五年没有动静，现在基尔戈·特劳特又出现在我的生活中了！"

佐尔顿·佩珀做出如此反应，其解释是这样的：在佛罗里达州罗达代尔堡高中上二年级的时候，他从父亲收集的旧科幻小说杂志中抄过一篇小说。他把抄来的东西冒充为自己的作品，交给了语文老师弗洛伦丝·威尔克森太太。这是基尔戈·特劳特交付发表的最后几篇小说之一。佐尔顿读中学二年级的时候，特劳特已成了个流浪汉。

他抄袭的那篇故事讲的是另一个星系的某一星球，上面住着额头中间长着一只眼睛的小绿人。这些小绿人只有出售物品，或者提供服务，才能得到食品。这个星球出现了供大于求的问题，没有人能想出任何合乎理智的解决办法。所有的小绿人都死于饥饿。

威尔克森太太怀疑文章是抄袭之作。佐尔顿也坦言，他只是为了好玩而为之，并没把它当作什么严肃的事情。对他来说，抄袭只是特劳特称为"小犯规"的举动，相当于"在同一性别盲人面前不恰当地暴露身体"。

威尔克森太太决定给佐尔顿一个教训。在全班同学众目睽睽之下，她让他在黑板上写"我剽窃了基尔戈·特劳特的作品"。接下来的一个星期中，只要他在她的课堂上，她就让他戴上一块写着P字[1]的硬纸板，挂在脖子上，悬在胸前。如果在今天她对学生采取这种措施，人家可以告她，让她吃不了兜着走。但是，过去是过去，现在是现在。

威尔克森对年轻的佐尔顿·佩珀采用的办法，肯定是从纳撒尼尔·霍桑[2]的小说《红字》中获得的灵感。在那部小说中，一个女人不得不在胸前佩戴一个代表"通奸"的大大的字母A[3]，因为她让一个不是她丈夫的男人在她的产道里射精。她不肯讲出那个人的名字。他是一个牧师！

由于达德利·普林斯说，他看到的是一个捡破烂的老妇人把小说稿投进了门外的垃圾篓，佐尔顿因此根本没有想到那人会是特劳特本人。"很可能是他的女儿或者孙女，"他推测道，"特劳

1　P是英文"剽窃"（plagiarism）的第一个字母。
2　纳撒尼尔·霍桑（1804—1864），美国浪漫派小说家，主要作品包括《红字》和《七个尖角顶的房子》等。
3　"通奸"的英文是adultery。

特本人肯定已经死了多年。我当然希望如此。愿他的灵魂在地狱里腐烂。"

但实际上特劳特就住在隔壁，而且感觉奇好！他处理掉了《B-36姐妹》，一身轻松，因此已经开始写另一篇故事。从十四岁开始，他平均每十天写完一篇小说。也就是说，每年写下三十六篇。按此推理，这一篇有可能是他的第两千五百篇作品。小说故事不是发生在另一个星球上，而是在明尼苏达州圣保罗一个精神病医生的办公室里。

这个精神病医生的名字，也是这篇小说的标题，是"沙登弗洛伊德医生"[1]。这位医生让他的病人躺在长榻上说话，这点没错，但他们只能讲些在超市小报或电视聊天节目中看来、听来的与他们全然无关的人之间发生的无聊的蠢事。

如果某个病人无意中说出"我"或"自己"或"我的"或"我本人"或"自己的"，沙登弗洛伊德就大发雷霆。他从塞得鼓鼓的皮座椅上跃起，又跺脚又挥臂。

他会把那张发青的脸直接面对着病人，咆哮着、号叫着说些诸如此类的话："什么时候才能记住别人对你、你、你的任何事情都不会有兴趣，你这个无聊的没用的一堆粪渣！你的所有毛病是自以为了不起！别自以为是了，要不就抬起你自大的屁股从这里滚出去！"

---

1 原文为"Schadenfreude"，戏拟精神分析学大师弗洛伊德。"沙登"在德文中有"损害、伤害"等意。

18

　　睡在特劳特旁边那张帆布床上的流浪汉问他在写些什么。那是《沙登弗洛伊德医生》的第一段。特劳特说那是一篇小说。流浪汉说也许特劳特可以从隔壁人家那儿弄到点钱。特劳特得知隔壁是美国文学艺术院时，说："这同华人理发训练学校一样，和我没有半点关系。我写的不是文学。隔壁那些故作文雅的猴子关心的只是文学。"

　　"隔壁那些附庸风雅的蠢家伙，用墨水在纸上塑造有血有肉的、活生生的、立体的人物。"他继续说，"好极了！地球上已经因为多出了三十亿有血有肉的、活生生的、立体的人物而正在衰亡，还不够吗？"

　　当然，隔壁其实只有莫妮卡和佐尔顿·佩珀，还有以达德利·普林斯为首的值日班的三个武装警卫。莫妮卡给她的办公人员和清洁工放了一天假，赶着去买点圣诞节的用品。他们这批人不是基督教徒，就是不可知论者，或是叛教者。

值夜班的武装警卫全是穆斯林。特劳特在离宫时写的《我的十年自动飞行》中说："穆斯林不相信圣诞老人。"

"在我作为作家的整个创作生涯中，"特劳特在先前的美洲印第安人博物馆中说，"我只创造过一个有血有肉的、活生生的、立体的人物。那是我把我那器具放在产道里做成的。叮儿——铃！"他指的是利奥，那个战争时期从美国海军当逃兵，后又在瑞典一家造船厂被削去脑袋的儿子。

"要是我把时间浪费在创造人物上，"特劳特说，"那么我就永远无法把人们的注意力引向真正重大的事情：不可抗拒的自然力，凶残的发明，荒唐可笑的理想、政府、经济等，所有这些东西使男女主人公都感到像猫把死老鼠拖进家里一样。"

特劳特也许会说，他塑造的是人物漫画肖像，而不是真正的人物。其实我的创作也是如此。另外，他对所谓的主流文学的敌意，也并非他个人独有。这在科幻小说家中间十分普遍。

19

除了那些不可信的人物，特劳特的许多故事严格地说根本不是科幻小说。《沙登弗洛伊德医生》不是科幻小说，除非哪个人没有一点幽默感，把精神病学当作科学。继《沙登弗洛伊德医生》之后，他投进文学艺术院垃圾篓里的是一篇以虚构手法描写的真人真事小说《掩体里的宾果[1]游艺会》。那时时震已日益迫近。

这个故事发生在第二次世界大战临近结束时的欧洲，在德国柏林一片瓦砾之下的阿道夫·希特勒宽敞的防弹掩体之中。在故事中，特劳特把他经历的那场战争，也是我经历的那场战争，称为"西方文明的第二次未遂自杀"。他在平时言谈中也这么说。有一次当着我的面还加了这么一句话："如果第一次没有成功，努力，努力，请继续努力。"

掩体铁门上方的街面上，苏联的坦克和步兵只有几百码之遥。

---

1 宾果是一种赌博游戏，也可指供此种游戏用的纸牌。

"希特勒这个人类中最最讨厌的家伙被困在底下，"特劳特写道，"已经六神无主。与他一起被困在掩体里的还有他的情妇爱娃·布劳恩和几个亲密朋友，包括他的宣传部长约瑟夫·戈培尔以及戈培尔的妻子和孩子。"

由于已经不存在任何值得决断的事可做，希特勒向爱娃求婚。她居然答应了！

故事讲到这儿，特劳特反问了一句，让这句话自成一段：

"搞什么鬼？"

在婚礼仪式当中，每个人都忘却了自己的处境。但是，当新郎吻了新娘之后，婚礼冷场了。"戈培尔一只脚畸形，"特劳特写道，"但是戈培尔从来就有一只畸形脚。这不是问题所在。"

戈培尔想起，他的孩子们带着一种叫宾果游戏的纸牌。这是四个月以前在布尔奇战役中从美国兵手里缴获的，完好无损。我本人也是在那场战斗中被完好无损地缴获的。为了节约资源，德国已经不再自己生产宾果游戏纸牌了。由于这个原因，也由于掩体里的成年人在希特勒兴起以及现在走向灭亡时期一直忙得不可开交，因此只有戈培尔家的两个孩子知道这牌怎么玩。他们是战前从邻居家学会的，他们有一副宾果牌。

故事中出现了一个奇异的场面：解释着如何玩宾果牌的一个男孩和一个女孩，成了包括偏执狂希特勒在内的纳粹帝国王朝的中心。

多亏了达德利·普林斯，我们现在才会有《掩体里的宾果游艺会》以及其他四篇特劳特在时震之前扔在文学艺术院门前的小说。在头一遍，也就是那个十年尚不是复制品的时候，普林斯一直相信那个捡破烂的女人把垃圾篓当作信箱，知道他会透过钢板大门的猫眼观看她那疯子的舞蹈。这一点莫妮卡·佩珀根本不信。

　　每当普林斯拿到一篇小说，他就苦思冥想，希望发现密藏在其中的天旨神谕。不管是不是重播，下班以后，他是个孤独的非洲裔美国人。

20

二〇〇一年夏天在离宫，达德利·普林斯将一卷小说稿子交到了特劳特的手中。特劳特本以为，卫生部早已将他的手稿或者焚烧，或者掩埋，或者倾倒到了远离岸边的海中，除了他本人，不再会有人阅读。根据他自己对我说的话，当时他裸体盘膝坐在欧内斯特·海明威套间的大床上，满心不悦地翻阅着那一捆邋遢的稿纸。那天天气炎热，他刚从大浴缸[1]中出来。

但那时他的目光停落在小说的一个场景上：两个小反犹太分子正在教穿着戏装般军服的纳粹高级将领如何玩宾果纸牌。特劳特从来都认为，作为作家自己一文不值，但此时他对自己写下的精彩片段惊叹不已。他称赞这段描写是《圣经》中《以赛亚书》的回响：

"狼将和羔羊同居一穴，豹和幼羚并卧歇息。幼狮和仔畜相处为伴。一个小孩带领它们。"

1　一种水力按摩浴缸，原系商标名，《英汉大词典》中主编陆谷孙译为"极可意"。

"仔畜"指的是育肥待宰的幼畜。

"我读了那一段，"特劳特对我和莫妮卡说，"然后我问自己：'这东西我是怎么弄出来的？'"

我不是第一次听到一个人在干成一件出色的工作后提出此类讨人喜欢的问题。早在时震发生很久以前，我在科德角的巴恩斯特布尔村有一幢老式的大房子，在那里我和我的第一个妻子简·玛丽·冯内古特——她的娘家姓考克斯——一起养育着四个男孩和两个女孩。我从事写作的耳房已摇摇欲坠。

我把耳房全部推倒拆走，雇用与我同龄的朋友特德·阿德勒，按照老耳房的模样再重造一间。特德是个技术不错的打杂工。他一个人建起了墙基。搅拌水泥车来浇水泥时也是由他监工。他亲自把水泥板安放在墙基上面。他造了整个耳房的构架后，铺上屋顶盖板，钉上披迭板，盖上木瓦，排设电线。他安上门窗，又在内壁将石膏灰胶纸夹板固定好。

固定石膏灰胶纸夹板是最后一道工序。室内外的油漆由我自己来刷。我告诉特德我至少想参与一点，不然他连涂漆的事也一起做掉了。他完成了所有工作，把我不想留下做引火柴的余料碎片扔到垃圾堆里后，叫我同他一起站在外面，从三十码之外欣赏我的新耳房。

接着他问了这个问题："这东西我是怎么弄出来的？"

直到一九九六年的夏天，这句问话一直是我最爱引用的三句话之一。三句话中的两句都是提问，而不是任何类型的善意规劝。第二句是耶稣基督的话："他们视我为何人？"

第三句来自我那个当儿科医生、爱水彩画、爱吹萨克斯管的儿子马克。我在另一本书中已经引过这句话："不管是什么，我们都要互相配合，一起克服。"

有人会提出异议："亲爱的冯内古特医生，我们不可能全去当儿科医生。"

《掩体里的宾果游艺会》中，纳粹分子在玩牌，由那个也许是历史上效率最高的宣传部长高声喊出玩牌人配出的胜方和负方。这些深藏在地下的战争罪犯，在纸牌游戏中得到了解脱，就好像那些温顺的老女佣至今一直能在教堂聚会中缓解痛苦一样。

好几个战犯都佩戴着铁十字勋章，这种勋章德国只授予在战场上表现出极度勇敢精神的人。这样的勇士足以被归入精神变态者之列。希特勒佩着一枚，是他在西方文明第一次未遂自杀中当下士时得来的。

在第二次笨拙的自杀行为中，我是个陆军一等兵。像欧内斯特·海明威一样，我从来没向任何人开过枪。也许希特勒也从来没玩过这个大把戏。他不是因为杀了很多人而获得国家的最高表彰。他是作为一名异常勇敢的通信兵而获得勋章的。在战场上，并不是每个人只管杀人，不管其他。我本人是个情报侦察兵，到我方尚未占领的区域侦探敌情。如果遇到敌人，我不是去同他们作战，而是要潜藏隐蔽起来，保存自己，以便向上级汇报敌人的方位，以及据我所观察他们在干些什么。

那是寒冬腊月，我本人也被授予了等级倒数第二的勋章，因长了冻疮而得的紫心奖章。

战争结束后我回到了家中。我的叔叔丹朝我背上猛击一掌，大声吼道："你现在是个男子汉了！"

我平生差点儿第一次打死了德国人。

让我们回到特劳特那篇以真人真事为素材写的虚构小说：就好像真有上帝的安排，元首突然间大呼一声："宾果，成了！"阿道夫·希特勒赢了！他说，真是难以置信。当然，他讲的是德语。"我无法相信。我从来没有玩过这种牌，但是我赢了，我赢了！这不是奇迹是什么？"他是个罗马天主教徒。

他从桌边的椅子上站起来，两眼仍然望着面前的那一手赢牌，按特劳特的说法就是，"就好像那是都灵裹尸布[1]的碎片"。那个浑蛋问道："这难道不说明，事情并非我们想象的那样糟糕吗？"

爱娃·布劳恩吞下了氰化物药丸，搅了别人的兴致。这药丸是戈培尔夫人送给她的新婚礼物。戈培尔夫人除了家用，还有多余。特劳特是如此描写爱娃·布劳恩的："她唯一的罪行是答应让一个恶魔在她的产道里射精。这种事情会发生在最好的女人身上。"

共产党的一枚二百四十毫米榴弹在掩体的上方爆炸。受震动

---

1 都灵裹尸布，都灵是意大利西北部城市，相传其教堂中珍藏着耶稣蒙难后用过的裹尸布，被视为圣物。

后，房顶上的墙粉碎屑像雨点般落下，洒在掩体中被震得耳朵发聋的人的头上。希特勒本人说了一句笑话，证明他仍不失幽默感。

"下雪了。"他说。这也是以诗意的方式在说，时间到了，该自杀了，除非他愿意在一个怪人旅行演出队当一名锁在铁笼里的超级明星，与长胡子的女人和做低级滑稽表演的小丑一起被展出。

他用手枪对准了自己的脑袋。每个人都说："使不得，使不得，使不得[1]。"他说开枪自杀是一个不失尊严的举动，并说服了每个人。他最后的告别词应该是什么？他说："说'我一生无悔'好不好？"

戈培尔回答说，这句话本来应该非常合适，但是巴黎卡芭莱歌舞表演女明星伊迪丝·比亚夫用法语把这句话唱了几十年，已经烂熟于世。"她的绰号，"戈培尔说，"叫'小麻雀'。你不想让人记住你是小麻雀吧——除非我猜测有误。"

希特勒仍然未失幽默感。他说："喊一声'宾果'好不好？"

但他已十分疲倦。他把枪再次对准自己的脑袋。他说："反正我本来就没让人把我生出来。"

手枪发出"砰"的一声。

---

1 原文为德语。

21

我是美国人文主义者协会名誉主席，该协会总部设在纽约的阿默斯特，我从未去过。我是接替已故作家、生化学家艾萨克·阿西莫夫博士[1]担任这个没有实际功能的职务的。我们有一个组织，有些无聊的事务，目的是让人知道我们人数众多。我们希望作为人文主义者活着，但不必多谈多想，就如我们在呼吸，但不必去谈它想它一样。

人文主义者要求自己体面、正直地做人，但并不考虑来世的报答或惩罚。对于我们，宇宙的创造者仍然是不可知的。我们尽自己的努力为我们所能理解的最高抽象概念服务，这个抽象概念就是我们的社团。

我们是宗教组织成员的敌人吗？不是。我最要好的战时伙伴

---

1 艾萨克·阿西莫夫（1920—1992），美国作家，著有大量科普读物和科幻小说，包括《银河帝国》系列等。

伯纳德·维·奥黑尔原来信仰罗马天主教，第二次世界大战期间失去了信仰。我可不喜欢那样。我认为那样损失太大。他现在已经去世。

我从没有过此类信仰，因为我是由一些有趣而又品行规矩的人抚育长大的，但是这些人又像托马斯·杰斐逊和本杰明·富兰克林那样，对传教士说的话持有疑心。但我知道，伯尼[1]失去了某种重要而高尚的东西。

重申一遍，我不喜欢这种状况。我不喜欢那样是因为我太喜欢他了。

几年以前，在人文主义者协会召开的阿西莫夫博士纪念会上，我发了言。我说："艾萨克现在已经升天了。"这是我所能讲的最滑稽的事，因为听众全是人文主义者。我使得他们捧腹大笑。会堂的情景就像特劳特小说《不开玩笑》中的军事法庭场面一样，之后，太平洋海底裂开口子将第三颗原子弹、"乔伊的骄傲"和其他一切吞没。

等我自己死了以后——但愿此事永不发生——我希望哪个爱逗笑的人也会说："他现在已经升天了。"

我喜欢睡觉。我在另一本书中发表了一首为老曲子填写的新挽歌，其中写道：过了这一世，贪睡不再是坏事。

---

1 伯尼是伯纳德的昵称。

我认为天上不再需要刑讯室和宾果游戏。

昨天，一九九六年七月三日星期三，我收到了一封写得很好的信。写信者本来就没让人把他生下来，但生下来后一直是我们完美无比的教养机构的俘虏，先是青少年罪犯，接着又是关押多年的成年犯人。他马上要被释放到一个举目无亲的世界中。在相隔了远远超过十年时间之后，自由意志又将闯入。他该怎么办？

我，美国人文主义者协会的名誉主席，今天给他写了回信："加入教会。"我这么写是因为像他这样的成年流浪汉，最最需要的是一个家庭一样的环境。

对这样一个人，我不能推荐人文主义。对这个星球上的大多数公民，我不会提供这样的推荐。

患梅毒的德国哲学家弗雷德里克·威廉·尼采说，只有具有坚实信仰的人，才能得到怀疑宗教的奢侈。人文主义者大多受过良好教育，像我一样属于生活舒适安逸的中产阶级，可以在世俗的知识和希望中得到足够的乐趣，而大多数人则不然。

法国作家伏尔泰是小说《老实人》的作者，因此也是人文主义者中的亚伯拉罕[1]。他在那些受教育不多、头脑简单而又受了惊吓的雇员面前掩饰了自己对罗马天主教统治集团的蔑视，因为他知道他们的宗教是非常有效的稳定剂。

---

1 亚伯拉罕是《圣经》故事中的人物，相传为希伯来人的始祖。

在二○○一年夏天，我带着恐慌不安的心情对特劳特讲述了我向那个即将被开除出狱的人提供的建议。他问我后来是否有那个人的消息，这五年时间里，或者把重播也算进去，这十年时间里，此人情况如何。我没有他的消息。

他问，就算为了好玩，我自己是否加入过教会，体验一下到底是怎么回事。他有过这样的体验。我说我同宗教走得最近的一次，是在我同将要成为我第二任妻子的吉尔·克莱门茨结婚之前。她和我都觉得到一个街角小教堂举行婚礼仪式很有意思，也十分时髦。我们要去的是第二十九大街上一个迪斯尼式的圣公会礼拜堂，在曼哈顿第五大道边上。

"当他们了解到我是个离过婚的人时，"我说，"他们搞出了五花八门的忏悔仪式让我参加，直到我灵魂干净了，才能在那里结婚。"

"你说到点子上了，"特劳特说，"你要是个监狱里出来的人，想想看你要钻过多少鸡屎堆。如果那个给你写信的狗崽子真的被一家教会收纳了，那么他很容易再一次进监狱。"

"因为什么？"我说，"因为抢教堂的施舍箱？"

"不，"特劳特说，"因为为了讨好耶稣基督去开枪打死到人工流产医院上班的医生。"

22

　　我记不得二○○一年二月十三日下午时震发生时我正在做些什么。反正肯定没在做什么大事。我绝对肯定的是没在写另一本书。我当时七十八岁，天哪！我的女儿莉莉十八岁了。

　　但是老基尔戈·特劳特仍然笔耕不辍。在住宿营里，大家都还以为他的名字叫文森特·凡·高。他坐在住宿营自己的帆布床上，刚刚又开始一篇关于一个名叫阿尔伯特·哈代的伦敦工人的小说。阿尔伯特·哈代的名字也是小说名，他出生于一八九六年，生下来头长在两条腿中间，而生殖器却凸显于脖子上方，看上去"像只葫芦"。

　　阿尔伯特的父母教他用手走路，用脚吃饭。这样他们就可以把他的隐私部位藏进裤子里。他那部分不像特劳特父亲的"叮儿——铃"寓言中那个逃犯的那样硕大无比。但这与故事无关。

　　莫妮卡·佩珀在隔壁的办公桌前，相隔只有一步之遥。但他们仍然没有见面。她、达德利·普林斯和她的丈夫仍然确信，往门前垃圾篓里扔稿子的人是个老太太，因此她不可能就住在隔壁。他们至多只能猜测她来自某个专为落魄老人开设的男女兼收的住宿营，如在修道院大道上的那所，或在圣约翰大教堂附近教区会所内的戒瘾中心。

莫妮卡自己的房子——当然也是佐尔顿的——是在海龟湾的一所公寓房，离文学艺术院七英里，街区十分安全，同联合国总部处在舒适的近距离。她上下班坐专车司机驾驶的经过改装的高级轿车，以方便佐尔顿的轮椅。文学艺术院非常富有，钱从来不是问题。由于过去老派艺术爱好者的慷慨捐赠，它比联合国的几个成员国更加富足，其中肯定包括马里、斯威士兰和卢森堡。

那天下午佐尔顿坐在轿车上，在前去接莫妮卡的路上。时震发生的时候，她正在等佐尔顿的到来。而他已到了门口，在按文学艺术院门铃的瞬间，一下子被弹回到了一九九一年二月十七日。他将年轻十岁，而且重新肢体健全！

说到门铃引出的结果，那真一言难尽了！

但当重播结束、自由意志重新闯入时，一切都恢复到时震开始那一刻的状态。因此佐尔顿又下肢瘫痪，困于轮椅，正在按门铃。他未能意识到突然之间要由他自己决定他的手指下一步该做什么。他的手指没有得到来自他本人或者其他任何人的指令，一直按在门铃上。

佐尔顿的手指正按在门铃上的时候，一辆失控的消防车撞在他的身上。消防车的司机也没有意识到，该由他来操控那台机器。

正如特劳特在《我的十年自动飞行》中所说："是自由意志造成了所有这一切的破坏。时震及震后状况甚至没有碰断蜘蛛网的一根丝，除非其他力量已经先把这根丝弄断。"

时震袭来时，莫妮卡正在做离宫的预算。这个建在罗德岛锡安角的作家度假村，其资金来自朱利叶斯·金·鲍恩基金会，基金会由文学艺术院管理。朱利叶斯·金·鲍恩死于莫妮卡出生之前，是个从来没结过婚的白人，在二十年代和三十年代因写小说和做演讲发了大财。他写的、讲的都是些关于美国黑人为了获得成功而竭力模仿成功的白人的事，既精彩又令人感动。

在锡安角公共海滩和离宫度假村之间有一块铸铁的历史标记牌，上面说这幢大楼是鲍恩一九二二年直至一九三六年去世这段时间的居家和工作处。据说沃伦·基·哈定总统[1]宣称，鲍恩是"美国桂冠搞笑人、黑鬼方言大师，是曾属于马克·吐温的幽默大帝皇冠的继承者"。

二〇〇一年我在读标记牌上的文字时，特劳特向我指出："沃伦·基·哈定有一个私生女，是在白宫放扫帚的小室里同一个女速记员搞成的。"

1　沃伦·基·哈定（1865—1923），美国第二十九任总统。

23

特劳特被时震弹回到一九九一年加利福尼亚州圣迭戈血库前的排队人群中时，他仍然记得《阿尔伯特·哈代》是怎样结尾的——就是那篇关于一个头长在腿中间，家伙长在脖子上方的人的小说。但直到自由意志闯入人心，整整十年他一直无法把结尾写下来。阿尔伯特后来当了兵，在第一次世界大战的第二场索姆河战役[1]中被炸成了碎片。

阿尔伯特·哈代的身份识别牌未被找到，但他身体的各部分都收拾到了一起，头放在脖子上方，像其他人一样。他那件家伙缺失了。但实话实说，人们也不会为了那件东西去进行彻底搜索。

阿尔伯特·哈代后来被埋葬在法国无名战士墓园的"不灭圣火"之下，"总算正常了"。

---

1 索姆河战役是第一次世界大战中的著名战役，发生于1916年英法联军与德国军队之间，双方出动大量兵力，共计伤亡超过一百二十万人。

我本人被一下子弹回到纽约长岛顶端这一幢房子里，也正是时震过半我正写作的地方。和现在一样，一九九一年我正在看我已发表作品的一列清单，心中诧异："这些东西我是怎么弄出来的？"

当时我的感觉和现在一样，觉得自己就像赫尔曼·麦尔维尔[1]所描述的那些现已缄口不言的捕鲸人。所有一切能说的，他们都已经说过了。

在二〇〇一年我告诉特劳特，我有一个红头发的童年朋友，叫戴维·克雷格，现在是路易斯安那州新奥尔良的一名建筑工。在我们参加的那场战争中，他因在诺曼底炸毁了一辆德国人的坦克而获得铜质奖章。他与一个伙伴发现那个钢制魔鬼孤零零地停在树林里，马达熄了火，外边也没有人。坦克内的收音机播放着流行音乐。

戴维和他的伙伴取来了火箭筒。他们回来时坦克还在老地方，收音机仍在播放着音乐。他们用火箭筒向坦克发射。德国人没能跑出炮塔。收音机哑了。就这些。就这么结束了。

戴维和他的伙伴迅速逃离。

特劳特对我说，看来我童年朋友的铜质奖章受之无愧。"他几乎肯定消灭了里面的敌人和收音机，"他说，"因此为他们解脱了战后平民生活中多年的失望和枯燥。他也使他们做到了如英国诗人A. E. 豪斯曼[2]所说的'在荣耀中死去，永不衰老'。"

1　赫尔曼·麦尔维尔（1819—1891），美国小说家，代表作为《白鲸》。
2　A. E. 豪斯曼（1859—1936），英国诗人，代表作为《最后的诗》。

特劳特停顿了一下，用左手拇指稳住上颚假牙，然后继续说：
"如果我有耐心塑造立体的人物，我也可以写出畅销书来。《圣经》可能是世界上最伟大的故事，但最受人欢迎的故事只能是一对漂亮男女兴致十足地婚外交媾，但还未尝够新鲜就不得不为了这个或那个原因而分手。"

我想起了我姐姐艾丽三个儿子之一的斯蒂夫·亚当斯。艾丽的丈夫吉姆在新泽西火车越出无栏吊桥的铁路事故中不幸身亡。两天后，生活中的一切又像癌症一样杀死了艾丽。此后，我的第一位妻子简和我收养了斯蒂夫。

斯蒂夫在达特茅斯读大学一年级时，圣诞节假期回到科德角家中。他刚刚读完一位教授规定必读的小说——海明威的《永别了，武器》，几乎热泪盈眶。

斯蒂夫现在已是个中年影视喜剧作家，但那时却如此精彩地被冲破了防线，使我深受触动，决定重读那本使他如此动容的东西。结果发现《永别了，武器》是对婚姻体制的批判。海明威的英雄在战场上受伤。他同他的护士坠入爱河。他们没有结婚，就到远离战场的地方去度蜜月，吃最好的食物，喝最好的酒。为了不使读者有一点怀疑，她怀孕了，证明他是个真正的男子汉。

她和婴儿都死了，因此他不用去找稳定的工作、找房子、买人寿保险等那些乱七八糟的东西，而保存了美好的记忆。

我对斯蒂夫说："海明威使你流下了眼泪，那是宽慰的泪。那家伙原本好像不得不结婚，安顿下来。但后来他却不必如此。

啊！好险哪！"

特劳特说，像《永别了，武器》那样对婚姻表示不屑的书，他还能想起的只有一本。

"说说哪一本。"我说。

他说那是亨利·戴维·梭罗的作品，书名是《瓦尔登湖》。

"是本好书。"我说。

24

　　我在一九九六年的演讲中说，美国有百分之五十或者更多的婚姻破裂，那是因为我们中的大多数人不再有大家庭。你同某个人结婚，你得到的只是一个人。

　　我说夫妻两人吵架，为的往往不是钱，不是性，不是权。他们真正想说的是："你就这么孤零零的一个人！"

　　西格蒙德·弗洛伊德[1]说，他不知道女人想要的是什么。我知道女人想要什么。她们要的是一大群人听她们说话。

　　我很感谢特劳特，因为他提出了"夫妻时"的概念，作为衡量婚姻亲密关系的单位。夫妇之间相处亲近，意识到互相的存在，如果其中一个想说什么，不会三句话便大吼大叫，这样的一小时就是一个夫妻时。特劳特在他的小说《金婚》中说，他们不必非得说些

1　西格蒙德·弗洛伊德（1856—1939），奥地利心理学家，心理分析学奠基人。

什么才能挣得一个夫妻时。

《金婚》是时震前达德利·普林斯从垃圾篓里捡回来的另一篇小说。小说写的是一个卖花的人，为了做大生意，说服那些一起在家工作，或一起开夫妻店厮守时间长的人，一年之中应当多庆祝几次结婚周年。

据他计算，在两处工作的夫妻平均每个工作日可得四个夫妻时，周末可得十六个。两人熟睡的时候不算在内。这样，一个标准夫妻周就包括了三十六个夫妻时。

他再将这个数字乘以五十二，取个近似整数，这就得到一个一千八百夫妻时的标准夫妻年。他到处宣传，任何一对夫妻只要攒够了这些夫妻时，就有权庆贺结婚周年，就应该得到别人送的鲜花和其他适时礼品，尽管他们有时只需二十时便可如愿。

如果一对夫妻不断地这样积累夫妻时，就像在我的两次婚姻中我和我的两个妻子所做的那样，那么他们很容易只用二十年时间就可以庆祝红宝石婚，用二十五年就可以庆祝金婚！

我不想借此机会讨论自己的爱情生活。可以说我仍然无法理解女人的身材是如何塑成的，我到坟墓里去的时候也会想着抚弄她们的臀部和胸脯。我也要说，做爱，如果是真诚的，是撒旦放进苹果让蛇交给夏娃的最好主意之一。然而苹果中最最好的主意是创造爵士乐。

25

艾丽的丈夫吉姆·亚当斯确确实实是艾丽在医院去世前两天因火车翻落无栏杆的吊桥而遇难的。真比小说还离奇！

吉姆因生产一种他自己发明的玩具而把全家深深拖入了债坑。那是一种里面填塞着一团永久性可塑胶泥的橡皮球体。实际上是一团长皮肤的胶泥！

橡皮球的表面印着一张小丑的脸。你可以用手让它的嘴张人，让它的鼻子升高、眼睛下陷。吉姆叫它"橡皮泥脸"。橡皮泥脸一直都没受到欢迎。更有甚者，由于生产和广告的开支，橡皮泥脸给他们带来了一大堆债务。

艾丽和吉姆都是生活在新泽西的印第安纳波利斯人，他们共有四个男孩，没有女儿。其中一个还是啼哭不止的婴儿。这些人本来就没让人把他们生下来。

我们家的男孩和女孩来到这个世界上时，就像艾丽一样，往往带着些描图、绘画、雕塑或其他艺术天赋。我和简所生的两个女儿，伊迪丝和娜内特，现在都是中年职业艺术家，举办展出，出售绘画作品。我们那个当医生的儿子马克也是如此。我也如此。艾丽如果愿意下点功夫，迫使自己搞点什么，她也可以在艺术上有所作为。但正如我在其他地方写到过，她说，"就算你有才，也并不一定非得用它去搞点什么"。

我在我的长篇小说《蓝胡子》里说："当心带着天赋的神祇。"我想当时我写那句话时，脑子里想到的是艾丽。我在《时光错动之一》中让莫妮卡·佩珀在文学艺术院钢板大门上用橘黄和紫色油漆喷上"去他娘的艺术！"几个字时，脑子里想到的还是艾丽。我几乎可以肯定，艾丽不知道有一个叫文学艺术院的机构，但看到那些鲜艳的文字，不管喷涂在什么地方，她一定会感到欣喜无比。

我们当建筑师的父亲对艾丽小时候的任何艺术作品都大加赞扬，言过其实，就好像她是米开朗琪罗再世，这反而使她无地自容。她不笨，也不是没有品位。父亲无意之中同她开玩笑，故意说她才气有限，这样，把她本来就不浓的兴趣浇灭了。要不然，虽说不一定大有作为，但她的才能兴许也会有可为之处。

艾丽也许感到，因为她长得漂亮才得到别人的故意偏袒，一点点儿小成就受到过度夸奖。只有男人才能成为伟大的艺术家。

我十岁、艾丽十五岁、天生的科学家大哥伯尼十八岁时，我在一次吃晚饭时说，女人甚至成不了最好的厨师和裁缝。男人才是。

母亲把一大罐水倒在我的头上。

但是母亲爱兴致十足地谈论艾丽的未来，就像父亲讲到艾丽的艺术作品时那样夸夸其谈。嫁给一个有钱人，这样做对艾丽至关重要。大萧条期间，全家省吃俭用，送艾丽进杜达霍尔的女子学校与印第安纳州几名女继承人一起上学，该校又称"两门地狱""少女堆场"，在肖利奇高中以南相隔四条街的地方。若在肖利奇，她就能像我一样接受自由、更加丰富多彩、更加民主，而且男女疯狂地混杂的教育。

我第一个妻子简的父母，哈维和莉娅·考克斯也做了同样的事情：把独生女送到杜达霍尔，给她买阔小姐的衣服。尽管经济上已力不从心，但为了她的缘故坚持不从伍德斯托克高尔夫乡村俱乐部退出，以便她将来能嫁进一个有财有势的家族。

大萧条以及第二次世界大战结束以后，妄想某个有钱有势的印第安纳波利斯男人会同一个有阔小姐举止品位，但家里穷得叮当响的姑娘结婚，就如同想靠卖装湿泥团的橡皮球赚钱一样显得愚不可及。

公事公办。

艾丽找得到的也只能是吉姆·亚当斯这样的丈夫，一个战争期间在军队里搞公关的匈牙利人，英俊、潇洒、滑稽，但既没有钱也没有职业。在那个未婚女子感到恐慌的年代，简能找到的也只有这种男人了：从部队退伍时还是个陆军一等兵，因在康奈尔大学考试门门不及格去参军入伍，而现在自由意志再次闯入，下一步该怎么走他一无所知。

请你注意：简不但有阔小姐的风度和服饰，而且在斯沃思摩尔是个优等生，还是学院里一名出色的作家！

我想既然我学的是理科，或许可以成为某类蹩脚的科学家。

26

在《牛津语录词典》第三版中，英国诗人塞缪尔·泰勒·柯勒律治（1772—1834）[1]谈到"自愿对怀疑的临时悬置，构成了诗歌信仰"。这种对胡言来之不拒的态度，是欣赏诗歌、长篇和短篇小说以及戏剧所必不可少的前提。但是，作家的有些断言，实在荒谬至极，令人难以置信。

比如说，谁会相信基尔戈·特劳特在《我的十年自动飞行》中写的那些东西："在太阳系中有一颗星球，那里的人存在了一百万年，蠢得竟然不知道他们的星球还有另一半。直到五百年前，他们才把这件事弄明白。还只在五百年前！而他们现在却把自己称作人类[2]。

"愚蠢？你要说愚蠢？半个星球上的人那时居然还没有字母！他们还没有发明轮子！"

---

1 英国湖畔派诗人，著名诗作有《忽必烈汗》《古舟子咏》等。
2 原文为拉丁文"Homo sapiens"，意为智人、人类。

算了吧，特劳特先生。

他好像特别对美国的土著人嘲讽有加。应该说由于自己的愚蠢这些人已经受够了惩罚。据麻省理工学院——我的哥哥、我的父亲和我的祖父都在那里获得过高等教育学位，但我的舅舅彼得·利伯却没能毕业——的教授诺姆·乔姆斯基[1]所说："以当前的估计，哥伦布按我们的说法'发现'美洲大陆时，拉丁美洲可能有大约八千万土著人，另有一千二百万到一千五百万人生活在格兰德河[2]以北。"

乔姆斯基继续说："到了一六五〇年，拉丁美洲大约百分之九十五的人口被消灭。当美利坚合众国的疆界确定时，土著人口还剩下二十万左右。"

依我的看法，特劳特根本无意再给我们的土著人来一次大清洗，相反，他也许过于婉转地提出了这样的问题：人类对诸如另一个半球的存在、核能利用这类伟大的发现，是否真使得人的生活变得比以前更加美好？

依我个人的看法，核能使人的生活比以前更加痛苦，在由两个半球组成的星球上生活使我们的土著人失去了往日的欢乐，也没让"发现"土著人、创造车轮和字母的人们变得比以前更加热爱生活。

---

1 诺姆·乔姆斯基（1928— ），美国当代语言学家。
2 北美洲南部一河流，北出落基山脉，东南流入墨西哥湾，长约三千千米。

再次需要说明，我是出生于患有严重抑郁症家族的严重抑郁症患者。所以我才写得这么出色。

两个半球比一个更好吗？我有一段逸事可作例证，但没有一丁点儿科学性。我的曾外祖父更换了两个半球的场所，正赶上臭名昭著的不文明国内战争[1]，当兵残了一条腿。他的名字叫彼得·利伯。彼得·利伯在印第安纳波利斯买下一家酿酒厂，从此发迹。他酿造的酒中有一个品牌在一八八九年巴黎博览会上赢得金奖。酒的秘密配方是咖啡。

但彼得·利伯将酒厂交给了他的儿子，即我的外祖父阿尔伯特，而他又返回了原来的半球。他断定还是那边的半球更好。我们的教科书中常常有一张移民下船的照片，但我听说，这些人其实正在上船，准备返回原地。

这里的半球绝不是玫瑰花床。我母亲在这半边自杀，接着，我姐夫因为乘的火车翻落了无栏的吊桥而送命。

---

1 指美国的南北战争，英语为"Civil War"。Civil可作"国内"解，亦可作"文明"解，作者故意将"国内战争"曲解为"文明战争"，并称其为"不文明的国内战争"。

27

特劳特告诉我，时震将他弹回到一九九一年后，他不得不重新创作的第一篇小说是《狗的早餐》。小说写的是在马里兰州比萨斯达国家卫生研究院搞科研的一位名叫弗利奥·苏诺科的疯子科学家。苏诺科博士认为，真正聪明的人的脑子里有微小的无线电接收器，可以从别的什么地方获得高招妙策。

"那些聪明仔肯定得到了外来的帮助。"特劳特在离宫对我说。特劳特让疯子苏诺科做他的替身。他本人似乎也确信某处有一个巨大的电脑，通过无线电波发出指令，向毕达哥拉斯说明了直角三角形，向牛顿说明了万有引力，向达尔文说明了进化论，向巴斯德说明了细菌，向爱因斯坦说明了相对论，如此等等。

"那台电脑，不管它在哪儿，不管它是什么东西，一边假装帮助我们，而实际上想杀死我们这些想得太多的呆子。"基尔戈·特劳特说。

特劳特说他并不在意重写《狗的早餐》以及自由意志再次闯入以前写过并扔掉的其他三百余篇小说。"写或重写，对我来说是同一回事，"他说，"我虽然八十有四，但我就像只有十四岁时一样，充满好奇，充满欢乐，并且发现，如果把钢笔尖放在纸上，它就会自动写出一篇小说来。"

"我为什么告诉别人我的名字叫文森特·凡·高，是不是感到奇怪？"他问道。我最好还是解释一下，真正的文森特·凡·高是荷兰人，在法国南部作画。他的画现在已列为世界最珍贵的财宝，但他活着的时候只卖掉过两幅画。"他自知容貌丑陋，讨不了女人的欢心，同我的情况一样。但这不是全部原因，虽然肯定也是原因之一。"特劳特说。

"凡·高和我的主要共同之处在于，"特劳特说，"他创作的画使他感到震撼，虽然所有其他人都认为它们一文不值。我写的小说使我自己感到震撼，虽然所有其他人都认为它们一文不值。"

"你还能有多幸运？"

对于他的行为和他的作品，特劳特需要的唯一评判鉴赏者就是他本人。这就使他能对时震后的重播坦然处之，毫不感到吃惊。在他个人以外的世界中，有的只是更多的蠢行，就如战争、经济崩溃、瘟疫、海啸、电视明星或者其他任何东西一样，全令他嗤之以鼻。

自由意志刚刚闯入的那一刻，特劳特在文学艺术院附近地区能够成为理智清醒的英雄，在我看来那是因为他与我们其他人不同。

他并未发现似曾相识的错觉中的生活，与真材实料的生活两者之间有何明显的区别。

时震后的重播对于我们中的大多数人来说是一场灾难，而他却不受多少影响。关于这一点他在《我的十年自动飞行》中写道："我不需要一次时震来教我懂得，活着只是烂屎一缸。我从我的童年、十字架上的蒙难和历史书中早已了解了这一点。"

下列故事以供备案：在国家卫生研究院工作的弗利奥·苏诺科是个富翁，他雇用盗墓人替他去找去世的门撒国际[1]成员的脑子。门撒国际是个全国性的俱乐部，其成员必须是在智商测试或叫IQ测试中获得高分者。这是一种由语言和非语言技巧组成的标准化测试，将参加测试者与普通的张三李四对立起来，同流氓无产者[2]对立起来。

他派出的盗尸者也替他找来一些供对比之用的蠢人的脑子，那些在愚不可及的事件中丧生的人，如在车辆如流的街上闯红灯，在野餐生炭火时用汽油等。为了不被人怀疑，他们用从附近肯德基炸鸡店偷来的提桶，一次送一个新搞到的脑子。不用说，苏诺科的上司根本无从知道，他一天天工作到深夜究竟在干些什么。

显然，他们确实注意到了他对炸鸡的酷爱，总是让人用小提桶整桶整桶送来，而且从来不分点给别人吃。于是他们总是心中诧异：他为何仍然骨瘦如柴？在正常上班时间里，他干他拿这一份工

---

1 俱乐部组织，成立于1946年，其成员在正规智力测验中均位居前20%。
2 原文为德文。

资必须干的活，那就是研制开发一种新的避孕药，能使性乐趣丧失，这样就可以防止青少年发生性行为。

然而到了晚上实验室没有其他人的时候，他就把高智商的大脑切开，寻找微型无线电接收器。他认为那东西不可能是用外科手术植入门撒国际成员脑中的。他认为接收器与生俱来，因此肯定是血肉制成。苏诺科在他的秘密日记里写道："人的脑子只不过是三磅半重布满血丝的海绵体，仅够给狗当一顿早餐。如果没有外来支持，不可能写出《星尘》这样的作品，更不用说贝多芬的《第九交响曲》了。"

一天晚上，他在一个门撒国际成员的内耳侧发现不大于一颗芥籽的一小块鼻涕颜色的隆起物，而此人读初中时一次又一次在拼写比赛中获胜。

他又重新检查了一个低能者的内耳部位。此人穿着滑轮溜冰鞋去抓一辆疾驶而过的车辆的门把手。她的两侧内耳都没有鼻涕色的隆起块。搞定[1]！

苏诺科又细查了五十个脑子，一半来自笨得难以置信的人，一半来自聪明得难以置信的人。只有几名火箭科学家的内耳部有隆起物。聪明仔们为何智商测试结果那么好，隆起物肯定是原因所在。人体中那么小的一粒，如果仅仅是多余组织的话，那么就像

---

1 原文为希腊文"Eureka"，意为"发现了"。据传语出阿基米德，为其根据比重原理测出金子纯度时所说。

丘疹一样不可能有所作为。它一定是台无线电接收器！不管问题如何深奥晦涩，肯定是这类小接收器向门撒国际的成员、学校的优等生、电视智力竞赛的参加者输送了正确的答案。

这是诺贝尔奖性质的重大发现！因此，苏诺科在把新发现写成论文发表之前，就去给自己买了一套去斯德哥尔摩领奖穿的燕尾服。

28

特劳特说："弗利奥·苏诺科从国家卫生研究院大楼跳入下面的停车场死了。他身上穿着那套永远也到不了斯德哥尔摩的新燕尾服。

"他意识到，他的发现证明，对于做出这样的发现，他没有什么功劳。他搬起石头砸了自己的脚，因为凡是做出了像他那样伟大成就的人，都不可能只凭人的大脑，仅凭脑壳里狗吃的一顿早餐就可成功。他只有得到了外来的帮助才有可能。"

十年的间隙过后，自由意志再次闯入，特劳特从似曾经历过的错觉状态转入无限生机，这中间的过渡十分平稳。重播把他带回到时空连续统一体的某一个环节，他又重新开始写那个英国士兵的故事，此人脑袋长在两腿间，而两腿间的那家伙却长到了该长脑袋的地方。

没有任何预兆，重播突然无声无息地结束了。

这对任何正在操作自行驱动运输器械的人或乘坐这种器械、或站在这种器械路径当中的人来说，是灾难性的一刻。因为十年来，机器像人一样重复着它们前一个十年的动作，当然也常常出现致命的后果。正如特劳特在《我的十年自动飞行》中所写的："不管是否'重播'，现代交通是一场生死就在几寸之间的游戏。"但是，来第二遍的时候，造成所有伤亡的责任归于打嗝的宇宙，而不归于人类。有些人看似在驾驶，但并没有真正在操作。他们不能操作。

再引一句特劳特说的话："老马自识回家途。"但当重播结束时，这匹老马——从轻便摩托车到大型喷气式飞机的任何东西都有可能——却不认识回家的路途了。必须有人告诉它下一步该怎么跨，不然的话它就完全成了牛顿运动定律的超道德玩具了。

特劳特坐在文学艺术院自己的靠墙帆布小床上，操作的是既不危险也不难驾驭的圆珠笔。自由意志闯入时，他只是接着写下去。他写完了小说。那呼之欲出的故事，展开翅膀将它的作者带过了张着大口的深渊，而我们中大部分人都有跌落的危险。

如果正巧有事情正在发生的话，只有当特劳特完成了自己全身心投入的工作，即他的小说时，他才有可能去注意外面的世界，或者说整个宇宙正在发生些什么。由于他是个没有文化背景和社会背景的人，他有特别的自由可以在几乎任何场合使用奥卡姆剃刀，或称"节俭法则"。也就是说，对某一现象最简单的解释，十之八九要比花哨玄乎的理论更接近真理。

讲到他如何完成那篇被耽搁了那么久的小说，特劳特的解释全然没有传统论证的那一套烦琐：什么生活的意义啦，宇宙的能量啦，如此等等。正因如此，这位老科幻作家能够直截了当地切中最简单的真理：过去的十年里每个人都经历了他所经历的一切。他没有发疯，没有死去，没有下地狱，只是宇宙突然收缩了一下，然后又继续膨胀，使得每个人、每件东西都成了木偶，重复着自己的过去。这同时也证明了，过去是不可更变的，也是不可摧毁的。这正是：

> 巨臂泼洒纵横天意，
> 完成篇章又挥笔不止。
> 所有的虔诚或智慧，都无法
> 使它回头，或使半行消失，
> 再多的泪水也冲刷不掉
> 已经写下的一词一句。

　　接着，二○○一年二月十三日的下午，在纽约远离市区直通地狱的西一百五十五大街，以及所有地方，自由意志突然破门而入。

29

　　我本人也在一系列连续性的行为中从似曾经历过的错觉过渡到了无限生机。旁观者可能会说，自由意志一出现，我即刻驾驭了它。但事实并非如此：时震开始前的一瞬间，我正好将一碗热鸡汤面打翻在膝盖上，从椅子上跳起来，用两只手把滚烫的鸡汤和面条从裤子上抹去。重播结束时，这就是我要接下去做的动作。

　　自由意志重新闯入时，我不假思索地继续把面汤从裤子上抹去，不让它透过布料，渗到里面的内裤上。特劳特说得不无道理，我的动作是条件反射，缺乏主观创造性，不能被认为是自由意志主导下的行为。

　　"要是你在进行着思考，"他说，"那么你就会解开裤子，褪到脚踝处，因为裤子已经浸透了，不管怎么疯狂地拍打抹擦都无济于事，阻止不了鸡汤一路渗透到内裤上去。"

　　不光在远离市区直通地狱的西一百五十五大街，而且在整个广阔的世界中，特劳特肯定也属于最先意识到自由意志闯入的人之一。对他来说，这是件非常有趣的事，而对其他人则全然不同。其他大多数人在他们的错误、厄运、虚幻的成功被无情地重复了十年之后，用特劳特的话来说，"对正在发生的事或者将会发生的事，已经漠不关心"。这种综合征后来有了一个专门的名称，叫PTA，亦即"时震后麻木症"。

特劳特做了一项我们很多人在重播开始时曾试过的实验。他故意胡诌一些不成意思的东西，例如"嘟嘟——嗒——嘟，叮叮当当，阿嚏福气，哇，哇"之类。回到第二个一九九一年的时候，我们当时也都想说些这类的东西，希望以此证明，只要努力，我们仍然可以说我们想说的话、做我们想做的事。当然，我们无法如愿。但是在重播结束之后，特劳特试着说"蓝貂双焦点透镜"之类的话，果然他张口就成。

毫不费力！

自由意志闯入的时候，欧洲、非洲、亚洲人正在黑夜之中。大部分人都睡在床上，或坐在某处。而在这个半球上，绝大部分人根本不处在睡眠状态，因此摔倒的人大大多于其他地方。

不管在哪一个半球，如果一个人正在走路，两只脚支撑的体重不一样，他会失去平衡，朝他或她正在行走的方向倒下。自由意志闯入时，即使是在车辆如流的马路中央，行人由于"时震后麻木症"必然会倒下，躺在地面上。

你不难想象自由意志闯入后，尤其在西半球，楼梯和自动扶梯底下是怎样的一幅惨象。

这就是你的新世界！

我的姐姐艾丽真正生活在世界上只有四十一个年头，愿上帝保佑她的灵魂安息。她认为栽倒是人的行为中最滑稽的事情。我这里指的不是因为中风或心脏病发作或腿腱断裂或其他原因倒下的人。我指的是那些十岁或十岁以上、不同种族和性别、身体状况良好的人，在平平常常的某一天突然间全都栽倒。

在艾丽弥留之际，我对她讲某人栽倒的故事，仍然可以给她带来快乐，或者说，如果可以这么说的话，给她一点顿悟。我的故事不是从电影里看来的，也不是道听途说得来的。它一定是我目睹的说明地球引力的原始例证。

我讲的故事中只有一则是来自专业喜剧演员。那是很久以前，我很幸运能在印第安纳波利斯阿波罗剧院的舞台上看歌舞杂耍表演。那是这类表演消失前的临死挣扎。其中一名演员是我眼中的圣人，十分出色。他在表演过程中总是有这样一段插曲：从台上掉进乐池，然后头戴着一面低音鼓爬上舞台。

我所有其他故事——对这些故事艾丽百听不厌，直到她钉子似的僵直地死去——涉及的都是业余演员。

<u>30</u>

大概在艾丽十五岁、我十岁的时候，有一次她听到有人从我家的地下室楼梯上栽了下去：扑隆通，扑通，扑通。她以为是我，于是站在楼梯上端，差点没把她那颗傻脑瓜笑掉。那一年应该是一九三二年，进入大萧条的第三年。

但是掉下楼梯的不是我，是煤气公司来抄表的一个家伙。他拖着沉重的身了从地下室爬上来，身上青一块紫一块，怒不可遏。

另有一次，大概是艾丽十六岁或更大一些的时候，因为那时艾丽已经驾车了。我坐在她开的车中，我们看见一个女人水平地从停在路边的一辆公交车中出来。她的鞋跟被勾住了。

我在其他地方写到过，在与人谈话中也提到过，这个女人的狼狈相使我和艾丽笑了好几年。她没有伤得太厉害，自己爬了起来。

还有一件只有我看见但艾丽喜欢听的事，是关于一个巴结一位不是他妻子的漂亮女子、教她跳探戈的家伙。那是在一个渐入尾声的鸡尾酒会的最后部分。

我想那个男人的妻子没在场。他妻子若在场的话，我难以想象他还会去献那份殷勤。他不是个专业的舞蹈教员。包括男女主人在内，在场的总共有十来个人。那是留声机流行的年代。酒会的男女主人将一张探戈音乐醋酸酯唱片放上留声机，犯下了一个策略上的错误。

于是那个家伙两眼炯炯，鼻孔闪闪，将漂亮女人搂在怀里，扑通栽倒。

是这样，所有在《时光错动之一》和现在这本书中栽倒的人，就像文学艺术院横跨在铁门上用喷漆书写的"去他娘的艺术！"一样，都在向我姐姐艾丽表达敬意，都是艾丽爱看的色情场景：被地球的引力而非性剥夺了道貌岸然姿态的人们。

下面是大萧条期间一首流行歌曲的歌词：

> 爸爸昨夜晚回家。
> 妈妈说："老爸，累了吧。"
> 他摸黑想去开电灯，
> 栽倒在地，扑通一声！

看到健康人跌倒而大笑，这种冲动绝不是普遍现象。我是在一次英国伦敦的皇家芭蕾舞团演出《天鹅湖》时才意识到这一点的。

那是一次不愉快的经历。我带着女儿南妮坐在观众席中，那时她十六岁，而现在，一九九六年的夏天，她已经四十一岁了。那是整整二十五年前的事了。

一个芭蕾舞女演员踮着脚尖跳舞，噔嗒嗒，噔嗒嗒，噔嗒嗒，按照剧情要求跳到舞台的一侧。接着舞台后传来一阵声响，好像她一只脚踏进了水桶，带着水桶掉下了铁梯子。

我立刻狂笑不止。

全场只有我一个人在笑。

我还是个孩子的时候，类似的事也在印第安纳波利斯交响乐团的演出中发生过。这件事与我无关，也不是因为笑。演奏的一段乐曲越来越强，然后突然间停顿。

坐在同一排离我大约十个座位有一个女人。演奏时她在同朋友讲话。音乐越来越强，她也不得不越说越响。音乐戛然而止，只听见她尖声嚷着说："我是放在奶油里炸的！"

31

那天看皇家芭蕾舞演出受到蔑视后，我同女儿一起去了威斯敏斯特教堂。当她面对面站在艾萨克·牛顿爵士墓前时，她感到一种震撼。如果换成我哥哥伯尼的话，在她那个年龄，在同样的地方，他还会更加大惊小怪。他是个天生的科学家，但没有一点美术细胞。

牛顿这个普普通通的凡人，凭借着在我们看来只够做狗的一顿早餐的三磅半重、布满血丝的海绵体中发出的信号，似乎道出了许多揭示真理的伟大想法。任何受过教育的人想到这些，都很可能会心潮澎湃。这头没毛的猿猴发明了微分学！他还发明了反射望远镜！他发现并解释了棱镜如何将太阳光束分解成色彩组合！他发现并解释了前所未知的运动、引力和光线的规律！

饶了我们吧！

"打电话找弗利奥·苏诺科博士问问！把你的超薄切片机磨得快些吧，好做显微镜观察。我们有一个理想的脑子可供你使用！"

116

我女儿南妮有个儿子叫麦克斯。现在，重播进行到一半的一九九六年，他已经十二岁了。基尔戈·特劳特死的时候，他将十七岁。今年四月，麦克斯在学校写了一篇关于外表平常的超人艾萨克·牛顿的文章。文章写得十分出色，我也从中了解了一些以前不知道的事情：牛顿的那些名义上的导师曾劝他不要老忙于寻求科学真理，要抽出时间去读点神学。

我喜欢这么想，他们这么说并不是因为他们蠢，而是想提醒他，宗教的幻觉倾向能给普通百姓带来怎样的抚慰和鼓舞。

基尔戈·特劳特的小说《帝国大厦》讲的是一块大小及形状如曼哈顿帝国大厦的陨石，尖头朝下，以每小时五十四英里的匀速向地球撞来。让我们引用他在这篇小说中说的话："科学从来不能使任何人振奋。人类处境的真实状况实在太险恶。"

在全世界各个地方，人类的处境不会比重播结束后两小时中更加险恶。毫不夸张，成百万的行人躺倒在地上，因为自由意志闯入时，体重没有平均分配在两只脚上。但是除了靠近自动扶梯和楼梯顶部的人，他们中的大多数人并无危险。他们的情况要比我和艾丽看到的头朝下走出公交车的那个女人好得多。

我前面说过，真正造成伤害的是自行驱动的各种交通器械。它们当然不会出现在从前的美洲印第安人博物馆中。在那里，一切平静无事，尽管外头一片喧闹：车辆的碰撞声、受伤和垂死者的哭喊声汇成强音，达到高潮。

"我是放在奶油里炸的！"真是这么回事。

时震发生时，那些被特劳特称作"圣牛"的流浪汉，不是坐着，就是斜倚或者仰卧着。重播结束时他们保持的仍旧是那种姿势。自由意志如何伤害得了他们？

关于这些人特劳特后来说："即使在时震之前，这些人身上已经有了病状，很难同时震后麻木症区分开。"

一辆云梯消防车失去了控制，其右侧前方的保险杠撞上了文学艺术院的入口处，而且它继续在开动。只有特劳特见状跳了起来。碰撞后车辆的行动与人无关，也不可能与人有关。消防车撞上文学艺术院入口后突然减速，将车上头脑迷蒙的消防队员一下子甩上了天，飞行速度同车辆碰撞前从百老汇下山时达到的速度相同。特劳特根据消防队员被甩出的距离做出估计，时速约为五十英里。

减速减员之后，这辆救援车朝左大转弯，从文学艺术院穿过马路，直向一块墓地冲去。消防车冲上一段陡坡，在将到达最高点处停住，然后向后滑落下来。刚才碰撞文学艺术院大门时，变速杆被弹到了空挡！

车辆凭着冲力攀上斜坡。巨大的马达隆隆作响。风门杆被卡住了。对地球引力的唯一抵抗是它自己重量的惯性。驱动轴和后轮已经脱开！

接着发生的事：重力将这头吼叫的红色巨兽拖下了西一百五十五大街，然后倒行着向哈得孙河滑去。

这辆急救用车虽然不是正面冲撞文学艺术院的入口，但震动十分强烈，把门厅的枝形水晶大吊灯撞落到地上。

这盏花哨的吊灯只差几寸就砸到武装警卫达德利·普林斯的身上。自由意志闯入时要不是他笔直地站着，体重平均地分配在两只脚上，他就会朝前方、面对着正门栽倒下去。吊灯很可能会结果了他。

你要说有运气？时震发生时，莫妮卡·佩珀下身瘫痪的丈夫正在按门铃。普林斯正准备朝前面的大铁门走去，还没来得及跨步，身后画廊的一个烟雾警报器突然响声大作。他凝固了。该朝哪里走？

因此，当自由意志闯入时，他仍处于那个进退维谷的困境。他身后的烟雾警报器救了他一命！

特劳特听说了烟雾警报器奇迹般地让人躲过一劫的事后，他引用了凯瑟琳·李·贝兹[1]的歌词。他没唱，是道白：

啊，美丽辽阔的天空下，
庄稼翻滚着金色波浪，
雄伟的紫色山峰，俯视着
硕果累累的平原！
美国！美国！
上帝恩泽四方
播下善德和兄弟情谊
从东大洋到闪闪的西大洋。

---

1 凯瑟琳·李·贝兹（1859—1929），美国女作家，主要写儿童文学和诗歌。

基尔戈·特劳特跑进现已被撞开的大门时，由于时震后麻木症，这位穿制服的前囚犯呆若木鸡，不知所措。特劳特大喊道："快醒醒！看在上帝的分上，快醒醒！自由意志！自由意志！"

大铁门已平倒在地上，上面喷涂的字叫人莫名其妙："他娘的艺"。特劳特不得不从上面踩过去，大步慢跑到普林斯跟前。铁门仍然与门框紧紧扣在一起。门框受到撞击整个地从周围的墙体上脱落下来，门、门的铰链、门闩和"猫眼"都仍像新的一样，丝毫未损，只是门框对失控的云梯消防车几乎没有抵御能力。

来装铁门和门框的包工头，在墙上固定门框时偷工减料。他是个骗子！特劳特后来提到他时说："叫人奇怪的是，夜里他居然还能睡得安稳！"这话对所有偷工减料的包工头都可以说。

32

　　一九九六年，也就是延续至二〇〇一年的重播进行到一半的时候，我在几次演讲中提到过，第二次世界大战结束后我是芝加哥大学人类学系的一名学生。我开玩笑说，我根本就不该学这门专业，因为我忍受不了原始人。他们真是愚不可及！这门专业把人当动物研究，而我对其兴趣减退的真正原因，是因为我妻子生下了一个孩子，叫马克，我们需要钱。我妻子的全名是简·玛丽·考克斯·冯内古特，她死的时候叫简·玛丽·考克斯·雅莫林斯基。

　　简本人在斯沃思摩尔中学是优等生，获得芝加哥大学俄文系的全额奖学金。她怀上了马克之后，决定放弃奖学金。我们在大学的图书馆找到了俄文系主任，一位从斯大林统治下逃亡的神情忧郁的人。我记得我妻子告诉他，她不得不退学，因为她有了后代的负担。

　　即使没有电脑做记录，我也永远不会忘记他对简说的话："亲爱的冯内古特太太，怀孕是生活的开始，而不是终结。"

然而，我想说明的是另一门课，要求我们阅读现已进天堂的英国历史学家阿诺德·汤因比[1]的著作《历史研究》，并做好讨论的准备。他写到挑战和对挑战做出的反应。他认为各种不同的文明，或生存，或淘汰，关键在于他们面对的挑战是否超过他们的应付能力。他举了一些实例。

这样的解释也适用于那些想表现出英雄主义的人，尤其适用于二〇〇一年二月十三日那天下午自由意志闯入时基尔戈·特劳特面对的情况。如果他在时代广场那段地区，或在某一主要桥梁或隧道的出入口，或在飞机场——飞行员们在重播期间已经习惯让飞机安全地自动起飞和降落——那么，这种挑战就是特劳特或者其他任何人都难以应付的了。

特劳特听到隔壁碰撞声后走出住宿营，看到的场面虽然可怕，但卷入其中的人员不多。死亡的、垂死的人零星散布在各处，而不是叠成一堆或被囚禁在燃烧的或撞坏的飞机和车辆中。这里的伤亡者仍然是个人——不管是死的还是活的，都仍然具有个性，从他们的脸上和衣服上都能看出许多故事来。

在远离市区直通地狱的西一百五十五大街那一段，由于偏僻，一天中的任何时候几乎都没有车辆。这就使得隆隆作响的云梯消防车成了独家表演者。特劳特眼看着地球的引力拖着它屁股朝下向哈得孙河滑去。其他繁忙街道上传来一阵喧嚷嘈杂，但他并不受干扰，思考着那辆不幸的消防车的各方面细节，并冷静地得出结论。

---

1 阿诺德·汤因比（1889—1975），英国历史学家，曾任伦敦国际事务学会研究部主任，所著十二卷本《历史研究》对20世纪史学产生了重大影响。

他在离宫告诉我，车辆失控，肯定是由于三个原因之一：要么离合器处在倒车或空挡，要么驱动杆折断，要么踏板脱落。

他没有惊慌失措。在部队为炮兵当前锋侦察兵的经验告诉他，惊慌只会适得其反，于事无补。他后来在离宫说："在真实生活中，就像在大剧院的演出一样，情绪激动只能把本来已不妙的处境搞得更加不堪收拾。"

真是这样，他一点儿没有惊慌。但他在此时却还没有意识到，只有他一个人在走动，头脑清醒。他悟出了基本事实：宇宙先收缩，而后又膨胀了。得出结论并不难。除了真实细节，所发生的事很可能同他多年前写在纸上后又撕成碎片在汽车站厕所抽水马桶中冲下去，或做其他处理的某篇小说构思相似。

与达德利·普林斯不同，特劳特甚至连中学同等学力文凭也没有，但他至少与我获麻省理工学院物理化学博士学位的哥哥伯尼有一惊人的相似之处。伯尼和特劳特两人都是从很小开始就玩起了头脑游戏，开始提出这样的问题："如果我们的环境中某某条件存在，那么将会怎样，会出现什么结果？"

在西一百五十五大街最尽头相对平静的环境中，特劳特虽然做出了时震和重播的推断，但却未能意识到，方圆几英里人们都无法行动，不是死亡或者严重受伤，就是患了时震后麻木症。他等待年轻力壮的救护车工作人员、警察、更多的消防队员和红十字会、联邦紧急事故处理部门派出的救灾专家前来处理事故，浪费了宝贵的分分秒秒。

看在上帝的分上，请别忘了，他已经他妈的八十四岁了！由于他每天刮脸，所以即使头上不包婴儿毯做的头巾，别人也会错把他当成捡破烂的老太太，而不是捡破烂的老头，因此他从来得不到任何人的尊重。但至少他脚上的凉鞋很结实，是用麻制的。尼尔·阿姆斯特朗一九六九年就是穿着同样材料制作的鞋，由阿波罗十一号宇宙飞船送上月球，成为第一个在月球上行走的人。

这种鞋是越南战争时期的政府剩余物资。越战是我们被打败的唯一一场战争，特劳特的独生子利奥也是在这场战争中当逃兵的。在那场冲突中，美国士兵巡逻时，在他们的轻便丛林靴外面套的就是这种凉鞋。之所以如此，是因为敌人在丛林小道上插着头朝上削尖的竹扦，竹扦在大粪中泡过，刺破皮肤会引起严重感染。

在他那个年纪，特劳特已经不太愿意与自由意志进行俄罗斯轮盘赌，尤其因为这是很多人性命攸关的时候。最后他意识到，无论如何，他必须采取行动。但该做些什么呢？

33

我父亲常常错引莎士比亚的话，但我从没见他读过一本书。

不错，在此我想说的是，用英语写作的最伟大的作家是兰斯洛特·安德鲁斯（1555—1626）[1]，而不是那位埃文河畔诗人（1564—1616）[2]。在那时，空气里也散发着诗意。试试这首：

> 主是我的牧羊人。我再无所求。
> 主让我躺在青葱的草场，带我到清水
> 　池边。
> 主让我灵魂再生，以主的名义领我走上
> 　正道。

1　英格兰基督教圣公会神学家，曾任正室施赈吏、宫廷教堂教长，系《圣经》钦定本译者之一。
2　指莎士比亚，他出生在埃文河畔斯特拉福镇。

主护着我，穿过死神阴影笼罩的峡谷，

　　不再害怕邪恶，主与我同在，

　　主的臣民给我带来安抚。

在仇敌面前，主为我设下筵席，

　　在我头上涂上圣油，

　　在我杯中注满

　　美酒。

仁慈和善德永伴我身，我永远在主的

　　庭宇中生活。

　　兰斯洛特·安德鲁斯是詹姆斯国王钦定本《圣经》的主要翻译者和释义者。

　　基尔戈·特劳特是不是写过诗歌？据我所知，他只写过一首。那是他临死前一天写下的。他完全意识到狰狞的持镰收割者在向他走来，很快就会到达。一个有益的提示：在离宫的大楼和活动汽车房之间有一棵水杉树。

　　特劳特是这么写的：

　　当这棵水杉树

　　噼啪一声倒伏，

　　我啪啦一声回到你处。

34

我第一个妻子简和我姐姐艾丽各自有一位时常要发疯的母亲。简和艾丽都是杜达霍尔女子学校毕业生，曾经是伍德斯托克高尔夫乡村俱乐部里两名最漂亮、最活泼的姑娘。顺便提一下，所有男性作家，不管多么潦倒，多么令人讨厌，娶的都是漂亮太太。该有人研究一下这个问题。

简和艾丽都没赶上时震，谢天谢地。依我的推测，如果她们活着的话，简可能会在重播中发现人类一些好的方面，而艾丽则不会。简热爱生活，性情乐观，同癌症搏斗到生命的最后一刻。艾丽的临终遗言表达的是解脱的宽慰，没有任何其他意思。我在其他地方已经记录了她的话："没有痛苦了，没有痛苦了。"我没听到她说此话，我哥哥伯尼也不在场，是一个带外国口音的男护工打电话向我们传达的。

我不知道简最后说了些什么话。我也问了。她那时已成了亚当·雅莫林斯基的妻子，不再是我身边的人了。她好像是默默地安睡了，没意识到不会再回来呼吸空气了。在哥伦比亚特区华盛顿一座圣公会教堂举行的葬礼上，亚当对前来哀悼的亲友说，她最喜欢讲的惊叹语是："我等不及了！"

简一次次以极大的兴奋期待的事件，总是与我们六个孩子中的某一个或几个有关。这些孩子现都已长大成人，有了自己的孩子：一个是精神病科的护士，一个是喜剧作家，一个是儿科医生，一个是画家，一个是航空公司飞行员，一个是版画复制匠。

在圣公会教堂她的葬礼上，我没有讲话。我什么也不想讲。我想说的一切，都是给她一个人听的，而现在她已离去。我们两人同是来自印第安纳波利斯的老朋友。我们之间最后一次谈话，是她去世前两个星期的一次电话交谈。她在哥伦比亚特区华盛顿雅莫林斯基家中，我在纽约曼哈顿。我同我现在的妻子吉尔·克莱门茨结了婚，她是个摄影师兼作家。

我记不得我们俩是谁先拨的电话，是谁花的电话费。反正是我们两人中的一个。不管发起人是谁，这次通话实际上是一次告别。

她死后，我们当医生的儿子马克说，他不会像她那样，为了多活几天，为了能够继续两眼炯炯有神地说"我等不及了！"而默许医生在她身上采取各种救治措施。

我们的最后一次谈话十分亲密。简问我，她死亡的具体时刻将由什么决定——好像我知道答案似的。也许她觉得自己像我写的小说中的一个人物。从某种意义上讲，她就是这样的人物。在我们的

128

二十二年婚姻生活中，是我决定着我们下一步的去向，到芝加哥，到斯克内克塔迪，或者到科德角。是我的工作决定我们下一步做什么。她从来没有从事任何职业。抚养六个孩子已经够她辛苦的了。

我在电话里对她说，一个皮肤晒得黝黑、举止放荡、闲得无聊但并非不快乐且我们俩都不认识的十岁男孩，会出现在斯格达巷末端用作船下水的砾石斜坡上。在科德角巴恩斯特布尔港，他眼望前方，但并不专注什么特别的东西，如鸟、船或其他东西。

与船下水的斜坡相隔十分之一英里的地方，在斯格达巷末端的A6大道上，有一幢很大的老房子。在那里，我们曾养育了我们的儿子和两个女儿，以及我姐姐的三个儿子，直到他们长大成人。现在，在老房子居住的是我们的女儿伊迪丝和她当建筑师的丈夫约翰·斯奎布，以及他们的两个儿子威尔和巴克。

我告诉简，那个男孩闲来无事，会像其他男孩一样捡起一块石子。他会将石子扔过港口。当石子划着弧线碰击水面时，她的寿期也就结束了。

简真心真意地愿意相信任何能使生活充满神奇色彩的东西。那是她的力量所在。她被作为教友会教徒带大，但在斯沃思摩尔度过了幸福的四年之后，她不再参加教友的聚会。同亚当结婚以后，她成了圣公会教徒，而他还保持着犹太人的文化。她至死仍然相信圣父、圣子、圣灵三位一体，相信天堂、地狱以及所有这类东西。为此我感到高兴。为何如此？因为我爱她。

35

用墨水在纸上讲故事的人有两种，要么是扫射者，要么是单击者，但这不意味他们还顶什么用。扫射者小说写得很快，杂乱无章，曲里拐弯，成文再说。然后，他们非常用心地进行修改，对别扭拗口或者文理不通之处一一进行修正。单击者写作时落笔谨慎，逐字逐句推敲，确切无疑之后才进行到下一句。收笔之时，文章已成。

我是个单击者。大多数男人是单击者，大多数女人是扫射者。作一次同样的呼吁：该有人对这方面做一点研究。也许有些作家，不论哪个性别，天生就是扫射者或单击者。最近我访问了洛克菲勒大学，那里的研究者正在寻找，并且已经发现越来越多主导着我们这样或那样行为的基因，就如时震以后重播造成的现象那样。甚至在那次访问之前，我似乎已经感觉到，我和简的孩子、艾丽和吉姆的孩子，虽然长大后各不相像，但事实上每个人都别无选择，成了他们注定要成为的那种人。

六个孩子都相当不错。

当然话又得说回来，六个孩子都有无数机会使自己过得相当不错。如果你能相信报上读到的、电视上和网络上看到的，你会发觉大多数人没有这样的机会。

在我看来，善于扫射的作家虽然发现有的人滑稽，有的人悲惨，觉得这种状况很妙，值得一书，但却不首先去想想人为什么要活着，如何活着。

单击者表面上似乎非常有效，一行又一行地遣词造句，但事实上他们也许正在冲破门墙围栏，从有刺的铁丝网中劈出一条通道，冒着炮火和毒气，探索一些永恒问题的答案："我们到底该怎么办？这世上到底出了什么事？"

如果单击者们不满足于单击作家伏尔泰[1]所说的"应当在我们的园中耕作"[2]，那么余下的便是我准备讨论的人权政治。让我以我和特劳特参加的那场欧洲战争中的两个故事开始。

事情是这样的：在直接或间接造成了四千万人死亡之后，德国人投降了。几天以后，在一九四五年五月七日，离捷克边境不远的德雷斯顿南面一孤立区域，仍处于无政府状态，尚未由苏联军队占领并维持秩序。我就在这一地区，并在小说《蓝胡子》中对此做过

1　伏尔泰（1694—1778），法国启蒙思想家、作家、哲学家，主要著作有《哲学书简》《老实人》等。
2　原文为法语。

131

描述。成千个像我这样的战俘已被释放，被释放的另外还有手臂上刺着标记的死亡集中营里的幸存者、疯子、判了罪的重刑犯、吉卜赛人，应有尽有。

请你注意：人群中还有德国士兵，仍然携带着武器但已威风扫地，准备向除苏联军队以外的任何人投降。我和特别要好的战时伙伴伯纳德·维·奥黑尔同他们中的有些人谈了话。奥黑尔后来当了律师，为原告也为被告出庭辩护，但现在他已归天。在那时，我俩都听到德国人说，美国人现在必须接手他们一直在做的事了，那就是对付不信上帝的共产党。

我们回答说，我们不敢苟同。我们期待着苏维埃社会主义共和国联盟会变得更像美国，有言论和宗教信仰自由，有公正的审判和真正民主选举产生的官员，等等。反过来，我们也应做到他们声称正在施行的那些方面：更加公平地分配物品、服务和机会——"各尽所能，按需分配"。诸如此类。

奥卡姆剃刀。

当时的奥黑尔和我其实不比孩子大多少。我们走进了春天的乡村里一间没有设防的谷仓。我们正寻找食物——任何能吃的东西。但是我们发现的却是一个躺在干草堆上身负重伤、显然即将死去的德国人，是个臭名昭著的残忍的纳粹党卫军上尉。直至近几日前，他很可能就在不远的某个地方负责严刑拷打、组织屠杀死亡集中营里的受害者。

像所有党卫军队员和所有死亡集中营幸存者一样，这个上尉的手臂上也应该文着一组数字。要说是战后命运的嘲弄吗？这种嘲弄比比皆是。

他叫我和奥黑尔走开。他很快就要死了，他说他期待着死亡。我们对他无动于衷，既不同情也不憎恶。正当我们准备离开时，他清了清嗓子，表示还有话要说。又一次碰到了临终遗言的事。如果他临死有话要说，除了我们他还能讲给谁听？

"我浪费了一生中的最后十年。"他说。

你想说的是时震？

36

我妻子总以为我十分了不起。她错了。我不认为自己有什么了不起。

我的英雄——社会主义者兼精明、滑稽的剧作家萧伯纳[1]——在八十多岁高龄时曾说，如果大家认为他聪明，那么他真的十分可怜那些被认为愚钝的人。他说，他活了那么久，现在终于学得聪明了，能够胜任办公室打杂的工作。

本人也有同感。

伦敦市政府决定向萧伯纳授勋章，对此他表示感谢，但他说他早已为自己授过勋了。

要是我，我就会接受。我会发现这其中出现的创造世界级笑话

1　萧伯纳（1856—1950），爱尔兰剧作家，也积极参与政治，宣讲社会主义思想，著有《费边社会主义论文集》，主要剧作包括《恺撒与克娄巴特拉》《圣女贞德》等，获1925年的诺贝尔文学奖。

的机会，但我决不会因为自己要滑稽一番而让别人感到"像猫把死老鼠拖进家里一样"。

就让它成为我的墓志铭吧。

一九九六年夏季将过的时候，我曾问自己，是否有哪些我过去曾经拥戴而现在该批判的思想。我想到的是我父亲的兄弟——毕业于哈佛大学没有子女的保险推销员亚历克斯叔叔。我十几岁还在做飞机模型、还在手淫的时候，他让我读高层次社会主义作家的作品，如萧伯纳、诺曼·托马斯、尤金·德布兹和约翰·多斯·帕索斯[1]。第二次世界大战以后，亚历克斯叔叔政治上保守得就如天使加百列[2]那样。

但是我仍然喜欢在我们刚得到解放时我和奥黑尔对德国士兵讲的话：美国需要更社会主义化，要努力为每个人提供工作，至少保证我们的孩子不挨饿受冻，不担惊受怕，能学文识字，受到教育。

好运不断！

不久以前在印第安纳州的特雷霍特，我每次演讲都要引用尤金·德布兹的话，他曾五次成为社会主义党总统候选人：

"只要还有下层阶级，我就是其中一员。只要还有犯罪因素，

---

[1] 诺曼·托马斯（1884—1968），美国社会党领袖，毕生致力于社会改革，六次竞选美国总统均告失败；尤金·德布兹（1855—1926），美国劳工领袖，参加创建社民主党，曾五次作为社会党总统候选人，均未果；约翰·多斯·帕索斯（1896—1970），美国小说家，代表作为《美国》三部曲（1930—1936）。
[2] 加百列，《圣经》中传达上帝佳音的七大天使之一。

我就不会袖手旁观。只要还有一个人蹲在监狱，我就还没有获得自由。"

近几年我发觉，谨慎的做法是，在引用德布兹之前先告诉听众他的话应该引起严肃的对待。不然的话，很多人会开始发笑。他们这是彬彬有礼的行为，而不是故意刻薄，他们知道我爱说俏皮话。但是这也是现时期传出的一个信号，如此感人肺腑的山上宝训[1]，竟被当作陈糠烂谷，当作完全不该相信的废话。

并非如此。

---

1 山上宝训指耶稣在山上对其门徒的训示，内容系基督教基本教义。

37

　　基尔戈·特劳特穿着结实的丛林凉鞋，踩着掉落在地的水晶大吊灯的碎片，慢跑着经过涂写着"他娘的艺"的倒塌的大铁门和门框。既然吊灯碎片在门和门框的上面，而不是下面，如果有人起诉包工头偷工减料，那么犯罪调查专家必须在法庭上证实，是门和门框因施工不良而首先倒塌的，而大吊灯肯定多悬了一两秒钟，才让地球引力采取它显然乐于对一切物体采取的行动。

　　画廊里的烟雾警报器仍然长鸣不止。特劳特后来说："也许它的自由意志乐此不疲。"他在开玩笑，在逗乐，这是他的习惯。他嘲笑的是那种认为任何人、物，重播也好，不是重播也好，会有自由意志的想法。

　　佐尔顿·佩珀被消防车撞倒时，文学艺术院的门铃却默不作声。又是特劳特说的话："门铃以其沉默说，'这次不作评论'。"

　　我已经说过，特劳特走进文学艺术院的时候，他本人则是相信自由意志的，同时还在祈求犹太-基督教的神灵："醒来吧！看在上帝的分上，醒醒，快醒醒！自由意志！自由意志！"

他后来在离宫坦言，虽然那天下午和晚上他成了英雄，进入文学艺术院时，用他自己的话说，"假装自己是时空连续体中的保尔·里维尔[1]"，但事实上，"这个举动纯粹出于胆怯"。

他其实是在寻找一个躲藏的地方，想避开来自半个街区外的喧闹和城市其他地方传来的猛烈的爆炸声。朝南一英里半靠近格兰特墓地的地方，一辆环卫局的巨型卡车由于缺少有效操作，一头撞入了一幢公寓楼的门厅，继而闯进公寓楼主管的套间，把煤气灶撞翻。这幢六层楼房的楼梯井和电梯通道里满是从断裂的煤气管中溢出的甲烷，到处弥漫着一股臭鼬的气味。这里的大多数住户靠社会救济。

接着，咔——轰隆！

"这是早晚难免要发生的事故。"基尔戈·特劳特后来在离宫说。

这位老科幻作家后来坦白说，他想把身佩武器但全无意识的达德利·普林斯弄醒，这样，他本人就不必再奔波忙碌。"自由意志！自由意志！着火了！着火了！"他对着普林斯喊叫。

普林斯纹丝不动。他眨了眨眼睛，但这和我打翻鸡汤面后的行为一样，是条件反射，不是自由意志。根据普林斯自己的说法，他

1　美国独立战争时期的英雄，英军到达时飞马报信，通知殖民地武装而留下英名。

当时唯一想到的是，如果他动一动，就会回到一九九一年，再次被送进在阿西纳的纽约州最高安全防卫级的成人教养所里。

不难理解！

于是，特劳特暂不去理会普林斯，承认说自己继续寻找首要目标[1]。一个烟雾警报器在狂呼乱叫。要是这幢建筑起火，那么火势将不可控制。因此特劳特必须找到一个可供老人蹲下躲避的地方，在那里待到外面发生的一切平息下来为止。

他在画廊的烟灰缸里发现了一支仍在燃烧的雪茄。虽然在纽约的任何公共场所抽雪茄都是违法的，但这支雪茄并不构成、也许永远不会构成对任何人的威胁。雪茄放在烟灰缸的中间，所以燃烧着也不会掉落到其他地方。但是烟雾警报器号叫不休，好像我们所知的人类文明的末日已经到来。

特劳特在《我的十年自动飞行》中，总结了那天下午他应该对烟雾警报器说的话："胡言乱语！别惊慌失措，你这个没头脑的胆小鬼。"

诡异的是，画廊里除了特劳特没有其他任何人！

是不是美国文学艺术院里常常有敲击作声的恶作剧鬼出没？

1　原文为"numero uno"，意为重要人物、头等大事。

38

昨天，一九九六年八月二十三日，我收到一封写得不错的信，署名杰夫·米哈里奇。从姓氏来看，好像是个塞尔维亚或克罗地亚人的后裔，现在在厄巴纳的伊利诺伊大学物理专业学习。杰夫说他高中时很喜欢物理，成绩总是名列前茅。"但自从进大学物理系后，却麻烦不断。这对我是个沉重的打击，因为过去我在学校总是出类拔萃，已经习惯。我总以为，只要真心想做，就没有做不好的事情。"

我在回信中是这样说的："你也许应该读一读索尔·贝娄[1]的传奇式流浪冒险小说《奥吉·马奇历险记》。我记得小说结尾时主人公获得了顿悟：不应该去寻求使人痛苦的挑战，而应该做些我们生来力所能及的自然而有趣的事情。

"至于物理学的魅力，那是无可置疑的：高中最有意思的两

---

1 索尔·贝娄（1915—2005），美国小说家，主要作品包括《更多的人死于心碎》《奥吉·马奇历险记》《赫索格》等，1976年获诺贝尔文学奖。

门课程是机械原理和光学。然而，在游戏般的定律和原则之外，这类智力游戏依靠的是天生的才能，就如吹法国号和下国际象棋一样。

"我在不同的演讲中谈到过天生的才能：如果你走进一个大城市——大学就是一个大城市——你免不了会撞上个沃尔夫冈·阿马多伊斯·莫扎特。切莫外出，切莫外出。"

换一种说法：不管一个年轻人自以为有多么了不起，他，或者她，在同一个领域早晚会遇上高手。用句比喻的话说，让人给切出个新粪门。

我小时候有个朋友叫威廉·"蹦蹦跳"·费利，他死于四个月前，现在已经升天。他在高二的时候有充分的理由认为自己打乒乓球战无不胜。我本人打乒乓球也有两下子，但我不会跟"蹦蹦跳"交手。他发球旋转十分厉害，不管我怎样想办法接球，我知道这球肯定会飞上我的鼻尖，或跃出窗口，或逃回乒乓球厂，但就是不会落在球台上。

但是"蹦蹦跳"三年级的时候，与我们班一个叫罗杰·唐斯的同学打乒乓球。"蹦蹦跳"后来说："罗杰给我切出个新粪门。"

三十五年以后，我在科罗拉多州的一所大学演讲，不料在听众中间发现了罗杰·唐斯！罗杰在那边成了个生意人，也是老年人网球协会中受人尊重的一员干将。我们旧事重提，谈到他打乒乓球给了"蹦蹦跳"一个教训，我对此表示敬佩。

罗杰很想知道那次较量后"蹦蹦跳"说了些什么。我告诉他："'蹦蹦跳'说，你给他切出个新粪门。"

罗杰感到非常得意，当时赢了对手后他也许也是这种神情。

我没有问，但是这个外科手术比喻罗杰也许并不陌生。此外，人生本来就是达尔文的实验，或者如特劳特喜欢说的，是"烂屎一缸"。罗杰本人肯定也不止一次像"蹦蹦跳"那样，离开网球赛场时自尊扫地，让人给做了肛门造口术。

在重播进行到一半，又一个秋天临近的八月的某天，又有消息传来：我的哥哥伯尼患了无以逃脱的致命的癌症，已处于晚期，医治肿瘤的三大经典法宝——手术、化疗和放射疗，都已无济于事。他是个天生的科学家，在雷暴成电研究方面世界上无人可及。

伯尼现在仍然感觉良好。

也许现在谈及死亡仍为时太早，但等他死后——但愿此事不会发生——我想他的骨灰不应该同詹姆斯·惠特科姆·莱利和约翰·迪林格一起葬在皇冠山公墓里。他们俩属于印第安纳，但伯尼属于全世界。

伯尼的骨灰应该撒在雷暴云的顶上。

39

　　就这样，印第安纳波利斯的罗杰·唐斯现居科罗拉多。印第安纳波利斯的我则在这里——长岛的南岔。我的印第安纳波利斯的妻子简·玛丽·考克斯的骨灰埋在马萨诸塞州的巴恩斯特布尔村，在一棵鲜花盛开的樱树的根中间，上面没有标记。从我们的耳房曾可以看到樱树的枝叶。耳房是推倒后由特德·阿德勒从地面重新建起来的，完工后他曾问："这东西我是怎么弄出来的？"

　　在印第安纳波利斯我和简的婚礼上给我们做傧相的是本杰明·希茨，也是印第安纳波利斯人，妻子去世后，现一个人住在加利福尼亚的圣巴巴拉。今年春天，他同我的一个印第安纳波利斯的表妹约会了几次。她是个寡妇，住在马里兰的海滨。我的姐姐死于新泽西，我的哥哥虽然还不愿撒手西去，但在纽约的奥尔巴尼也已岌岌可危。

　　我的童年朋友戴维·克雷格——就是那个第二次世界大战中让德国坦克中的收音机停止播放流行音乐的家伙，现在在新奥尔良搞建筑业。我的表妹艾米在肖利奇高中物理课上曾是我的实验搭档。她父亲在我从战场归来时对我说，我已经是个大男子汉了。她现住在路易斯安那，在戴夫[1]的东边，相距大约只有三十五英里。

四海为家！

为何我们中有那么多人要离开祖先亲手建起的城市呢？在这里，我们家族的名字得到尊重，这里的街道和语言我们十分熟悉。正如去年六月我在巴特勒大学所说的，这里确实有西方文明中最好和最坏的东西。为何离乡背井？

冒险精神！

也可能是因为我们想逃脱一种巨大的拉力。那不是无处不在的地球的引力，而是来自皇冠山墓地的牵扯。

皇冠山已经擒获了我的姐姐艾丽，但它没有得到简。它也得不到我的哥哥伯尼。它也得不到我。

一九九〇年我在俄亥俄州南部的一所大学做讲座。他们把我安顿在附近的一家汽车旅馆。我做完演讲回到旅馆，按老习惯到酒吧去喝点掺苏打水的苏格兰威士忌，这样晚上我就能像孩子一样酣睡。我喜欢酣畅的睡眠。酒吧里全是些当地老人，志趣相投，看上去相处十分友好。他们笑声不绝。他们都是些喜剧演员。

---

1 戴夫是戴维的昵称。

我问酒吧招待，他们是些什么人。他说他们是詹斯维尔中学一九四〇年的毕业生，在这里举行五十周年聚会。这样的聚会真是不可多得。我也是肖利奇高中一九四〇届的，每年的老同学聚会总不去参加。

这些人就好像桑顿·怀尔德《我们的小镇》中的人物。这是一个非常美丽的剧作。

我和他们这些人都有了一把年纪，都还记得过去的日子。那时上不上大学，经济上不会有太大的区别，你仍然能够有所作为。那时我对我父亲说，也许我不想像我哥哥伯尼那样当个化学家。要是我去一家报社工作，可以为他们省下一大堆钱。

请你明白：我只有学我哥哥学过的同样课程，才有资格进大学。父亲和伯尼两人对此意见一致。任何其他方面的高等教育都被他们俩称为装饰品。他们嘲笑当保险推销员的亚历克斯叔叔，因为他在哈佛大学接受的教育完全是装饰性的。

父亲说我最好去同他的好友弗雷德·贝茨·约翰逊谈谈。他现在当律师，年轻时曾在现已停刊的民主党报刊《印第安纳波利斯日报》当过记者。

我同约翰逊先生很熟。父亲以前带我同他一起在布朗县打野兔，打鸟。后来艾丽吵闹得太厉害，我们只得放弃。他背靠在转椅上，在办公室里眯着眼睛问我，打算如何开始当记者的生涯。

"是这样，先生，"我说，"也许我能在《科尔弗公民报》

找到一份工作，干上三四年。我很熟悉那个地方。"科尔弗是印第安纳北部马辛古基湖边的一个小城。过去我们在湖北有一栋度夏的村舍。

"接下去呢？"他问。

"积累了经验之后，"我说，"我就能在一家更大的报社找个职位，也许在里奇蒙德，或者科科莫。"

"再接下去？"他问。

"为这样的报纸干上大约五年之后，"我说，"我想我应该可以向印第安纳波利斯发起冲击了。"

"对不起请稍等一下，"他说，"我要打个电话。"

"没关系。"我说。

他坐在转椅上旋了半圈，背对着我打电话。他说话声音很轻，但我也没打算偷听他说些什么。我想反正与我无关。

他挂上电话，转回来面对着我。"祝贺你！"他说，"你可以到《印第安纳波利斯日报》去工作了。"

40

我没去《印第安纳波利斯日报》报社工作，而去了很远的地方上大学，学院在纽约州的伊萨卡。从此以后，我就像《欲望号街车》里的布兰奇·杜波伊斯一样，生活中常常依赖于陌生人的善心。

现在，在距离宫的海滨野餐会只有五年之遥的时候，我想象着如果我同我父母和祖父母一样，与高中同学一起度过成年人的生活，既爱又恨地厮守在家乡，那么我将成为怎样一个人？

他走了！

倒下也是七尺汉子，
　　珊瑚构筑成他的骨骼，
珍珠曾是他的双眼，
　　他的身影永不褪色。
江河万年，沧海桑田，

他更加丰富，更加奇特！

这个人也许听说过好几个我知道的笑话。比如说下面一个。我小时候同父亲、弗雷德和其他人一起去布朗县打猎时，弗雷德·贝茨·约翰逊曾讲过一个有趣的故事。根据弗雷德的故事，像我们一样有一伙人去加拿大狩猎，打鹿和麋鹿。当然得有人做饭，要不他们全都得饿死。

他们以抽签的方法决定由谁留下做饭，其他人外出打猎，天亮出发，日落而归。为了使他的笑话更加适情适景，弗雷德说，比方父亲抽到了那根短签。其实我父亲真的会做饭，我母亲不会，并以此为荣。她也不会洗碗或做别的。我小时候喜欢到其他小孩子家里去玩。在别人家里，这些事都是母亲做的。

所有猎人都一致同意，如果谁抱怨父亲饭做得不好，那么，他就得当厨师。于是，父亲的饭越做越糟糕，而其他人在林子里乐不思归。不管晚饭如何难以下咽，他们都哑着嘴说好吃，拍拍父亲的肩膀表示赞许，如此等等。

一天早上，猎人们全体出行以后，父亲发现营地外有一堆新鲜麋鹿屎。他取来用机油炸，晚上当蒸小馅饼端出来给大家吃。

第一个伙计咬了一口马上吐了出来。他根本无法控制自己！他气急败坏地说："老天爷，这东西像机油炸的麋鹿屎！"

但接着他马上加了一句："不过味道不错，味道不错！"

我认为我母亲被培养成了一个完全无用的人，那是因为她那个开酿酒厂和做股票生意的父亲阿尔伯特·利伯相信，美国会产生一个欧洲模式的贵族阶级。他一定是这样推断的，和旧大陆一样，美国新贵族成员资格的标志之一，就是他们的妻子和女儿都必须是装饰品。

41

　　我原来想写一部关于阿尔伯特·利伯的长篇小说，讲述的是他如何主导了一九四四年母亲节前夜我母亲的自杀，但终究没有动笔。但我想我也并未因此而失去什么。居住在印第安纳波利斯的德裔美国人缺乏共同特征。在电影、小说和戏剧中，不管出于同情还是出于恶意，他们都从来没有被类型化。我必须从头对他们做一番解释。

　　好运连连！

　　伟大的文学批评家H. L.门肯[1]也是个德裔美国人，但一辈子住在马里兰州的巴尔的摩。他坦言，阅读维拉·凯瑟[2]的小说他总是难以集中思想。不管他如何努力，他总无法使自己对内布拉斯加的捷克移民提起兴趣。

1　H. L.门肯（1880—1956），美国文学批评家，著有六卷《偏见集》等。
2　维拉·凯瑟（1873—1947），美国女作家，原名维拉·西尔伯特，主要作品包括《啊，拓荒者！》等。

同样的毛病。

根据家史记载，我想告诉你们，我外公阿尔伯特·利伯的第一个妻子是在生第三个孩子，即我的舅舅鲁迪时去世的。她与我姐姐艾丽同名，娘家姓巴鲁斯。我母亲是她的长女。彼得舅舅是中间一个。他从麻省理工学院退学，却生了个核物理学家，即我的表弟，在加利福尼亚德尔马的阿尔伯特。表弟阿尔伯特最近刚刚来信，说他眼睛瞎了。

致使阿尔伯特表弟失明的不是核辐射，而是其他原因，在任何从事或不从事科学研究的人身上都可能发生。阿尔伯特表弟又生下了一个非核物理类的科学家。他的儿子是一名计算机专家。

正如基尔戈·特劳特过去不时感叹的那样："生命总会延续！"

我想说明的是，我母亲的父亲，那个酿酒商、共和党大佬、一副新贵族气派讲究吃喝的人，在他第一任妻子去世之后，同一个小提琴家结了婚，结果发现她是个病态的疯子。正视这一现实！有些女人就是这样的！她极度憎恨他的几个孩子。他喜欢儿女，她也会嫉妒如仇。她要独霸整场演出。有些女人就是这样的！

这只从地狱里飞出来的雌蝙蝠小提琴拉得神乎其神，但虐待起我母亲、彼得舅舅和鲁迪舅舅来却凶神恶煞。在我外公与她离婚之前，她对正处于成长发育阶段的几个孩子所施加的身心折磨，使他们永远没能抹去过去的阴影。

如果有足够的人对印第安纳波利斯富有的德裔美国人感兴趣，

能构成愿意掏钱购买的读者群，要写一部描写家世的长篇小说，对我来说易如反掌。如果写，我将表现我外公事实上谋害了我的母亲，以不断欺骗的方式，非常非常缓慢地置她于死地。

"叮儿——铃，你这个狗娘养的！"

暂定书名：《飘》。

我父亲那时是个家境普通的建筑师。他同我母亲结婚时，政治要人、酒店老板和其他印第安纳波利斯德裔美国人社会的精英，给他们送了一大堆收藏品：水晶、丝麻织品、瓷器、银器，甚至还有些金饰品。

山鲁佐德[1]！

谁能怀疑即使在印第安纳波利斯，也有自己世袭的贵族，拥有那些无用的收藏品，可与另一个半球上的蠢家伙们一比高低？

大萧条期间，这些收藏品在我哥哥、姐姐、父亲和我看来，像是一堆破烂。这些东西现在就像肖利奇高中一九四〇年同班的毕业生一样，分散在四面八方。

拜拜[2]。

---

1 《一千零一夜》中讲述所有故事的新娘。
2 原文为德语。

42

　　我总是无法把短篇小说的结尾写得让广大读者满意。在真实生活中，就如在时震后的重播阶段一样，人们不会改变，不会从错误中吸取教训，也不会道歉悔过。而在短篇小说中，小说人物必须做这三件事中的至少两件，不然的话，还不如将这篇小说扔进美国文学艺术院门前用铁链锁在消防龙头上的没盖的铁丝垃圾篓里。

　　没问题，我可以这么处理。但是在我让小说中的一个人物改变自己，并且/或者吸取了教训，并且/或者道歉悔过之后，他周围的人物都只能像傻瓜似的站着。这绝不是告诉读者演出到此结束的好办法。

　　我本来就没让人把我生下来，但在涉世未深的青少年时期，我向当时我的文学代理求教，如何不把所有人物弄死就让小说结尾。他是一份重要杂志的小说编辑，也是一家好莱坞电影制片厂的剧情顾问。

　　他说："亲爱的孩子，没有比这更简单的了：让故事中的英雄骑上马，迎着落日的余晖渐渐远去。"

许多年后，他用一杆十二口径霰弹枪自杀了。

另一个也是他客户的朋友说，他根本不可能轻生，这与他的性格不符。

我回答道："即使是经过军事训练的人，也不可能用霰弹枪意外把自己的脑袋打崩。"

很多年以前——还是我在芝加哥大学当学生的那个久远年代，我曾同我的论文指导老师谈过一次话，泛泛地讨论艺术问题。在那时候，我根本不知道我本人将来会涉足任何一种艺术领地。

他问："你说艺术家是怎样的人？"

我全然不知。

"艺术家，"他说，"是这样一些人，他们坦言'我没有治理好国家、城市甚至自己婚姻的本事，但是老天在上，我能把这块四方的帆布、这张八寸宽十一寸长的纸、这团黏土或这十二个音乐小节收拾得彻底到位'！"

说这话五年以后，他采取了第二次世界大战临近结束时希特勒的宣传部长和他的老婆孩子所采取的同样行动。他吞下了氰化钾。

我给他的遗孀写了一封信，说跟他学习使我受益匪浅。我没有收到回信。也许是因为她悲伤过度。话又说回来，也可能是因她对他心怀不满：自己挑了个省事的办法先开溜了。

就在今年夏天，我在一家中国餐馆问作家威廉·斯泰伦[1]，整个地球上有多少人拥有我们所拥有的这些，也就是说生活还值得过下去。我们两人做了些计算，得出的结果是百分之十七。

第二天我同一个交识已久的老朋友在曼哈顿市中心散步。他是个医生，在贝勒维医院专治各种得瘾的病人。他的很多病人都是无家可归的流浪者，而且是HIV阳性。我同他讲起我和斯泰伦得出的百分之十七。他说他认为这个百分比出入不大。

我在别处写到过，此人是个圣者。我对圣人的定义是：他必须是个在不完美的社会中做出完美表现的人。

我问他贝勒维医院的病人中为何没有一半人去自杀。他说他也曾为同样的问题所困扰。他有时候也问他们有没有自毁的念头。当然他问得漫不经心，就好像是诊断过程中的例行手续。他说他们几乎无一例外地对这个问题感到惊愕，好像受了侮辱。如此令人恶心的念头从来没有在他们的头脑中出现过！

正好在此时，我们碰到了他以前的一个病人——他正背着一个大塑料袋，里面装满捡来的铝罐。他就是基尔戈·特劳特称之为"圣牛"中的一头，尽管经济上是个无用之人，但仍有可爱之处。

"你好，医生。"他说。

1　威廉·斯泰伦（1925—2006），美国小说家，主要作品包括《奈特·特纳的自白》（1967）和《苏菲的选择》等。

43

问题：鸟粪中白颜色的是什么东西？

答案：也是鸟粪。

别谈什么科学，别谈遇到环境灾难时它有多大的帮助。切尔诺贝利核电站仍然是比广岛婴儿车更热的话题。我们用的腋下除臭剂把臭氧层咬出了洞来。

这是不是艺术？

听听这一大堆废话：我的哥哥伯尼是个什么也画不像的人，过去最令人讨厌的时候还曾说，他不喜欢画，因为那些画年复一年挂在那儿，什么结果也没有。而今年夏天，他成了艺术家！

我绝不是胡说八道！这个在麻省理工学院获得博士学位的物理化学家现在成了杰克逊·波洛克[1]！他把一团团的各色颜料和黏稠物质堆在不渗透的两片平面材料上，如玻璃板或浴室的瓷砖之类，合上然后再掰开，嗬，成啦[2]！这与他得癌症无关。那时他还不知道自己身患绝症，再说癌细胞侵损的是他的肺部，而不是头脑。一天，他在胡乱地做着什么——他已是个半退休的老人，没有妻子问他看在上帝的分上他到底在干些什么，嗬，成啦！晚干总比不干好，我只能这么说。

于是，他给我寄了些复印的黑白小图片，都是些波形曲线的东西，大部分如枝杈状，也许是树或者灌木，也许是蘑菇或满是洞的雨伞，但确实十分有趣，就像我在舞厅跳舞一样，还过得去。自那以后他还给我寄了彩色的作品原件，这些我十分喜欢。

然而，同复印作品一同寄来的信，表达的却不是突如其来的欣喜之情，而是一个冥顽不化的专家治国论者对以我为典型代表的附庸风雅的文人的挑战。"这是不是艺术？"他问。要是在五十年以前，他肯定不会以如此嘲讽的口吻提出这个问题，因为那时第一个完完全全美国式的绘画流派——抽象表现主义，还没有建立，也还没有把"滴者杰克"——就是那个什么也画不像的杰克逊·波洛克——奉若神明。

伯尼还说，他的作画过程还包含着一个非常有趣的科学现

---

1 杰克逊·波洛克，创造滴画法的美国画家，后文的"滴者杰克"指的也是他。
2 原文为法语"et voilà"，意为"瞧，那就是"。

象，有关各种颜料受到挤压后朝上下、四周不同方向扩散，他未作解释，让我自己去揣摩。他似乎在暗示，如果附庸风雅的艺术圈子不接受他的绘画，他的作品还有其他用途，如为生产更好的润滑剂、防晒油及其他玩意儿提供帮助。全新的H配方！

他说他不会在作品上签名，不会公开承认他是创作者，也不会告诉别人他的创作过程。很显然他希望看到那些盛气凌人的艺术评论家面对他幼稚而狡猾的问题"这是不是艺术？"时，额头冒汗，一脸傻相。

他和父亲两人联手，强行剥夺了我在大学学习文科的权利。因此，我给他回了封信，文辞华丽但明显带报复性，并为此感到得意。"亲爱的哥哥：这几乎就像跟你讲一些鸟和蜜蜂的常识一样[1]，"我的信这样开头，"世界上有许多好人从某些，但不是所有，本质上非理性的东西中，如平面上人为的色彩和形状布局，受到感染激励，并从中得益。

"你本人也在音乐中获得享受。就其本质而言，音乐本身也是非理性的声音编排。如果我把一个木桶踢下通往地窖的梯子，然后告诉你，我制造的声音就其哲学意义而言具有与《魔笛》[2]同等的价值，那就构不成一场令人不安的持久论战的开端。来自你完全令人满意的、不带偏见的回答应该是：'我喜欢莫扎特创造的声音，不喜欢木桶发出的声音。'

1　口语中指可以对孩子讲的两性关系的基本知识。
2　《魔笛》为莫扎特创作的主要歌剧之一。

"欣赏一件自称为艺术的作品是一种社会行为。要么你从中获益，要么一无所得。你没有必要事后去问为何如此。你无须多费口舌。

　　"亲爱的哥哥，你是个应该受人尊重的实验科学家。如果你真想知道如你所问的问题，即你的作品'是不是艺术'，那么你就应该把它放在某个公共场所进行展示，看看人们是否有兴趣观赏。请告诉我结果如何。"

　　我继续写道："如果不了解艺术家，很少会有人真正喜欢他的绘画，或印制品，或诸如此类的东西。这里我又得重申，这是社会场合而不是科学领域，任何一类艺术作品都是两人对话中的一半，了解谁在同你对话总是大有裨益的。他或者她在哪一方面享有盛誉：是严肃沉稳，还是虔诚笃信，还是悲愤苦涩，还是凡俗平庸，还是不拘一格，还是真挚诚恳，还是幽默滑稽？

　　"事实上没有一个我们一无所知的画家的作品能够真正得到赏识。甚至在法国拉斯科地下洞穴[1]的岩画中，我们也可以推测出很多关于作画人的生活故事。

　　"我敢断言，如果观赏者在头脑中不把一张画与一个特殊的个人联系起来，那么这张画就不可能得到认真的对待。如果你不愿意揽下作画的功劳，不愿意告诉别人这画为何值得欣赏，这游戏就玩不成了。

1　拉斯科洞穴位于法国多尔多涅省韦泽尔河谷，洞穴中发现了人类迄今为止最精湛的史前绘画之一。

"图画是因为人的特征而不是画作的特征而流传于世的。"

　　我继续说："还有创作风格的问题。可以这么说，真正热爱绘画的人喜欢身临其境，非常仔细地观看画的表面，观察意象是如何创造的。如果你不愿意说出你如何制作，这游戏又玩不成了。"

　　"祝你好运。永远爱戴你。"我写道，并在信末签了名。

44

　　我本人也在醋酸纤维纸上用印度墨作画。一个叫乔·佩特罗三世的艺术家用绢网印花法帮我印制这些画。他只有我一半年纪,居住在肯塔基的莱辛顿,也在那儿工作。在乔的印刷过程中,我每用一种颜色,就必须在醋酸纤维纸上用不透光的黑色再画一张。我只用黑色画,所以直到乔每种颜色印一次完成全部工序,才能看到彩色的作品。

　　我是在为他的成品图制作底片。

　　也许有更方便、更迅速、更经济的制画方法。找到窍门后就会有更多的闲暇去打高尔夫球,去做飞机模型,去手淫。我们应该对此做一番研究。乔的作坊就好像中世纪残留下来的古董。

　　我脑袋中那台微型无线电接收器停止接收来自某处的高明主意之后,乔让我为他的成品图制作底片,对此我十分感激。艺术真是令人陶醉。

它是一种兴奋剂。

听着：仅仅在三个星期以前，即一九九六年九月六日，乔和我的二十六幅作品在科罗拉多州丹佛市的一比一画廊展出了。当地一个叫温库帕的小酿酒商为此还灌制了一批特别的啤酒。商标是我的自画头像，名叫"库尔特醉不醒啤酒"。

你还觉得不够滑稽？试试这个：根据我的提议，这啤酒里面加进了一点咖啡的味道。加入咖啡又有什么了不起？其一，啤酒的味道真还不错。另外，那又是为了对我的外公阿尔伯特·利伯表示敬意。他也是个酿酒商，一九二〇年的禁酒令终于使他破产。印第安纳波利斯酿酒公司获得一八八九年巴黎博览会金奖，那酒的秘密配方就是咖啡！

叮儿——铃!

丹佛那边的这一切还不够滑稽？好，给你讲讲温库帕酿酒公司的老板的故事如何？他和乔差不多年纪，名字叫（小）约翰·希金鲁帕。又怎么样？五十六年以前我在康奈尔大学学习化学专业时，参加了大学生联谊会，同一个叫约翰·希金鲁帕的人结为联谊兄弟。

叮儿——铃？

酿酒厂老板是他的儿子！我的联谊兄弟在他儿子七岁时就去世了。对于老希金鲁帕，我比他的亲儿子了解得更多！我告诉这位年轻的丹佛酿酒公司老板，他的父亲同另一个德尔塔-阿普西隆会兄弟约翰·洛克合伙，在联谊会会舍二楼楼梯转角利用一个大柜子出售糖果、饮料和香烟。

他们为小铺子正式命名为希金鲁帕洛克店。而我们称之为洛克鲁帕希金店，或者帕金洛克希鲁店，或者洛克希金鲁帕店，等等。

不知烦恼的日子！我们觉得好像可以永远活下去。

老啤酒装进新瓶子。老笑话讲给新人听。

我给小约翰·希金鲁帕讲了一个他老爸讲给我听的玩笑。是这样的：不管我在什么地方，他老爸都可以问我："你是海龟俱乐部的会员吗？"凡听到这个问题，我必须用最大的嗓门喊："他妈的我当然是！"

反过来我也可以向他的老爸问同样的问题。有时在一些特别严肃、特别神圣的场合，如在新加盟的联谊兄弟的宣誓会上，我可以在他耳边轻声问："你是海龟俱乐部的会员吗？"他不得不用最大的嗓门吼着回答："他妈的我当然是！"

45

　　还有一个老笑话："你好，我的名字是斯波尔丁。你一定玩过我的球了。"[1]但现在这个笑话没有什么效果，因为斯波尔丁已不再是体育用品的主要生产商，就像埃伯金奖啤酒已不再是中西部最受欢迎的消遣麻醉品，也就像冯内古特五金公司已不再是非常实用的耐用品生产零售商一样。

　　一些更加充满活力的竞争对手将五金公司彻彻底底打垮了。一九一九年修订的《美利坚合众国宪法》第十八条修正案[2]，使印第安纳波利斯的酿酒业全部倒闭。这一条款规定，任何生产、销售、运输酒精饮料的行为，都是违法行为。

1　A. G. 斯波尔丁（1850—1915），美国职业棒球运动员，后成为著名体育用品制造商。英语中的"球"在俚语中亦可指睾九，所以也可以是一句脏话。
2　宪法第十八条修正案官方名称为《弗尔斯泰德法令》，俗称禁酒令，禁止在美国酿制、运输、储存和销售酒精类饮品。法令实施了十四年，于1933年废除。

谈到禁酒运动，印第安纳波利斯的幽默家金·赫伯德[1]说，反正"比完全没酒喝好"。直到一九三三年，酒精饮料才开禁。到那个时候，做私酒生意的阿尔·卡彭已经拥有了芝加哥。遭谋杀的未来总统的父亲，约瑟夫·肯尼迪，已经是个千万富翁。

展出我和乔·佩特罗三世作品的丹佛艺术展开幕后第二天是个星期天。一大早，我从那边最古老的一家名叫"牛津"的旅馆房间里醒来。我知道自己身在何处，如何到达，就好像昨夜没被外公的啤酒灌得酩酊大醉似的。

我穿上衣服，朝外走去。人们还没有起床，四周无人，也没有移动的车辆。如果自由意志选择此时此地闯入，我失去平衡跌倒在地也不会有人从我身上踩过。

当自由意志闯入的时候，最好的处境也许是在非洲扎伊尔雨林当个姆布蒂人，或者俾格米人[2]。

离我旅馆二百码的地方，过去曾是这座城市跳动的心脏，它的心房心室，而现在只剩下了躯壳。我指的是火车客车站。它建于一八八〇年。现在每天只有两班火车在那里停靠。

我本人是个老古董，仍然记得蒸汽机车轰雷般的隆隆音乐、哀

---

1 金·赫伯德（1868—1930），美国幽默家，于《印第安纳波利斯日报》起家，创造了一个叫艾伯·马丁的滑稽人物，以他的"语录"评说世事人生。
2 姆布蒂人和俾格米人是分布在中非的较原始的民族，其中后者属矮小人种，身高一般不超过一米五。

鸣的汽笛、经过铁轨接缝处车轮有节奏的嗒嗒声，以及交叉道口由于多普勒效应[1]听上去有起有落的警报铃声。

我也记得劳工斗争史。为了提高工资，为了得到尊重，为了更安全的工作条件，美国工人阶级进行的第一次有效罢工，就是在铁路上搞起来的。再接着，是同煤矿、制铁厂、纺织厂等产业的老板进行的斗争。工人们为这样的斗争付出了沉重的血的代价，但在我同一代的大多数作家看来，这样的战争，就如同抗击来犯之敌一样，是完全值得的。

我们有了《大宪章》，然后又有了《独立宣言》，然后又有了《人权宣言》，然后又有了《废奴宣言》，然后是一九二〇年使妇女获得选举权的宪法第十九条修正案。我们也总会有权衡经济利益的办法。那应该是顺理成章的事。正是基于这样的信仰，我们的作品中融进了那么多的乐观主义成分。

我甚至在一九九六年的讲演中，还提议在宪法中增补如下两条：

第二十八条：每一个新生婴儿都应得到热诚欢迎，并得到关怀直至成年。

第二十九条：每一个需要工作的人都应该得到有意义的工作，得到能维持生活的工资。

然而，作为顾客、作为雇员、作为投资者，我们创造的是山一

1　C. J. 多普勒（1803—1853），奥地利物理学家，发现波源与观察者相对运动时观察者接收到的频率和波源发出的频率不同的现象，即多普勒效应。

样的纸面财富，财富如此之巨，一小部分掌管财富者可以成百万、成亿地从中捞取而不会碍着任何人。显然如此。

我们这一代的很多人对此十分失望。

46

你能相信吗？到达离宫之前从来没有看过舞台剧的基尔戈·特劳特，从我们参加的那场战争，也就是第二次世界大战，回来之后，不仅写了一个剧本，而且还申请了版权！我刚从国会图书馆的储存库里抽出这部作品，剧名是《维护家庭的皱皮老汉》。

在离宫的辛克莱·刘易斯套间，我就像收到了来自电脑的生日礼物。嗬！昨大的日期是二○一○年十一月十一日，我刚活到八十八岁，或者如果把重播也算进去，刚刚九十八岁。我的妻子莫妮卡·佩珀·冯内古特说，八十八是个非常幸运的数字，九十八也是。她非常相信数字占卦术。

我亲爱的女儿莉莉到十二月十五日就满十八岁了！有谁想到过我们能活着看到这一天？

《维护家庭的皱皮老汉》写的是关于一场婚礼的事。新娘是个处女，叫"夸夸嘴"[1]。新郎是"色眯眯"[2]，一个无情无义玩弄女性的家伙。

一位站在参加婚礼庆典人群边上的男性来宾"悄悄话"[3]，从嘴角挤出声音对他旁边的一个人说："我不会来这一套。我就简简单单地找一个恨我的女人，给她一幢房子。"

新郎正在亲吻新娘的时候，旁边那个家伙说："所有女人都是神经病。所有男人都是傻瓜蛋。"

那位声名显赫、皱纹密布的维护家庭的老者，用弯成弧形的手掌遮着满是潮湿黏液的眼睛，正在伤心地哭泣。他的名字叫"蛋蛋囊"[4]。

是谁在自由意志闯入前几分钟把正在燃烧的雪茄放在文学艺术院画廊烟雾警报器之下的？这一谜团仍然困扰着莫妮卡。那是九年以前的事了！谁还在意？搞清楚了又何益之有？那就好像要搞清楚鸟粪中白颜色的东西一样。

基尔戈·特劳特对雪茄采取的措施是将它捻灭在烟灰缸中。他捻了又捻，捻了又捻，就好像这雪茄不仅引发了烟雾警报，而且也是造成外面一片嘈杂混乱的罪魁祸首。这是他自己对我和莫妮卡承认的。

---

1 原文为拉丁语"Mirabile Dictu"，意为"非凡的口才"。
2 原文为拉丁语"Flagrante Delicto"，意为"干坏事"。
3 原文为意大利语"Sotto Voce"，意为"低声、小声"。
4 此处用的是拉丁文"Scrotum"，意为"阴囊"。

"哭声最响的孩子有奶吃。"他说。

他从墙上摘下一幅画，想用框架的一角去砸警报器。此时，警报器自动停止了号叫。此时，他也意识到了自己的行为荒唐可笑。

他把那幅画重新挂回墙上，小心地把它挂正挂直。"把这幅画挂正挂直似乎十分重要，"他说，"而且要与其他画间距相同。至少我可以把混乱世界中的这一小部分摆布得恰到好处。我非常荣幸有这样的机会。"

他回到了门厅，心想那位武装警卫应该已从蛰伏中醒来。但是达德利·普林斯仍然是石雕一尊，仍然以为如果动弹一下，他将会被送回监狱。

特劳特又跑到他的面前，说："醒醒！快醒了！你已经获得自由意志了，要你干活了！"他还说了些别的话。

毫无反应。

特劳特突然有了灵感！他自己也不相信自由意志，所以决定不再贩卖这类概念。他这么说："你得了重病，现已康复。你得了重病，现已康复！"

这符咒十分灵验！

特劳特可以成为一个了不起的广告宣传家。据说耶稣基督也是如此。任何成功广告的基础都是一种可信的许诺。耶稣许诺来世得福。特劳特许诺的是同样的东西，但现时现刻即可得到。

达德利·普林斯的精神僵尸渐渐开始融解。特劳特让他做捻手指、跺脚、吐舌头、扭屁股等动作，以便加速他的复原。

从来没有获得过哪怕中学同等学力证书的特劳特，居然成了真实生活中的弗兰肯斯坦博士[1]！

---

1 弗兰肯斯坦来自玛丽·雪莱（1797—1851）的同名科幻小说。小说中科学家弗兰肯斯坦博士，发现了激活生命的秘密，创造了一个可怕的怪物。

47

亚历克斯·冯内古特叔叔说过，凡偶然遇到值得高兴的事，我们应该大声喊出来。在他妻子蕾伊婶婶的眼中，他只是个傻瓜。他初到哈佛，开始大学新生生活时，确实是个傻瓜。学校让他写一篇作文，说明为什么从印第安纳波利斯老远跑来，选择在哈佛求学。他兴致勃勃地告诉我们，他写的是"因为我的哥哥在麻省理工大学"。

他一辈子没有孩子，也从未拥有过枪支。他拥有许多书籍，而且不断购买新书，不断把他认为特别值得一读的那些送给我。他喜欢把一些特别精彩的片段大声读给我听，为此他必须找出这本或那本书，但这对他却是一个严峻的考验。那是因为他妻子蕾伊婶婶把他书房的藏书按照色彩、形状、高矮排列。据说她是个艺术家。

正因如此，比如要找一部他崇拜的H. L.门肯的文集，他可能这么说："我记得封面是绿的，大约这么个高度。"

他的妹妹，即我的姑姑欧玛，在我成年后有一次对我说："冯内古特家的所有男人，都怕女人怕得要死。"她的两个兄弟确确实实怕她怕得要死。

听着：哈佛大学的教育背景当时对我亚历克斯叔叔来说，并不像今天那样是微观控制的达尔文定义中胜利的标志。他的父亲，建筑师伯纳德·冯内古特，将他送进哈佛为的是让他成为一个有教养的人。他的确成了很有教养的人，但怕老婆怕得出了名，而且还不过是个人寿保险推销员。

我对他，间接地对过去的哈佛，永远感激不尽。我想，是他让我养成了从书本中汲取精华的癖好。不管世事如何变迁，我都能从伟大的作品中，有些还是十分有趣的著作中找到充分的理由，使我感到活着是一种荣耀。

一本本书，就像一侧装着铰链但未上锁的一只只盒子，装满一张张墨水点点的纸页，令亚历克斯叔叔和我爱不释手。但现在看来，这种书的式样将逐渐被废弃。我孙辈孩子们的很大一部分阅读已经在显示屏幕上进行了。

行行好，行行好，请再稍等一小会儿。

在书籍最初出现的时候，虽然用的是来自树林、田野、动物的材料，制作原始粗糙，但在保存和传递语言方面，它与最新的硅谷奇迹一样实用有效。但是，出于偶然的因素，而不是狡猾的谋划，书本因它们的分量、质地，也因它们对使用者象征性的温柔的抵制，需要我们用手、用眼、用脑、用心去进行精神历险。我的孙辈们如果失去了这样的机会，我将感到十分遗憾。

48

　　有两个人，一个是二十世纪最伟大的诗人之一，一个是二十世纪最伟大的剧作家之一，都拒绝承认自己来自中西部，更具体地说，来自密苏里的圣路易斯。这是我感到很耐人回味的一件事。我指的是后来说话口气像坎特伯雷大主教的T. S. 艾略特[1]和后来口气像《飘》中的阿什利·威尔克斯[2]的田纳西·威廉斯。威廉斯是圣路易斯华盛顿大学和爱荷华大学造就的才子。

　　威廉斯出生在密西西比州，这是事实。但他七岁时搬到了圣路易斯。他在二十七岁那年自己取名叫田纳西，而在此之前，他是汤姆。

1　T. S. 艾略特（1888—1965），诗人、剧作家、评论家，诺贝尔文学奖获得者，活动于英、美两国之间，代表作长诗《荒原》（1922），被视为现代派诗歌的里程碑。

2　《飘》是美国女作家玛格丽特·米歇尔的长篇小说，出版于1936年，因拍成电影而著名，阿什利·威尔克斯是其中主要人物之一。

科尔·波特[1]出生在印第安纳州的皮鲁，念时发长音皮——鲁——。"黑夜还是白昼"？"跳起比津舞[2]"？不错，不错。

基尔戈·特劳特出生在百慕大一家医院里。他的父亲雷蒙德当时在百慕大附近收集资料，为做博士论文对最后一批百慕大雌白尾海雕进行后期研究。这些蓝色巨鸟是远洋猛禽中体形最大的，它们唯一留存的群栖地是臭名昭著的百慕大三角中心地带无人居住的熔岩尖顶上，人称"死人岩"。事实上特劳特的父母是在"死人岩"度蜜月时怀上他的。

关于这些白尾海雕的一个特别有趣的方面是，由于雌鸟的原因，鸟的数量骤减。根据现有的观察，这与人的因素无关。在过去，也许几千年以来，雌鸟孵蛋，喂养雏鸟，最后把小鸟踢下山崖，教它们飞行。

但是博士生雷蒙德·特劳特带着新娘来到该地时，他发现雌鸟简化了养育过程，直接把鸟蛋踢下山崖。

由于百慕大雌白尾海雕的新创举——或者随便叫别的什么——基尔戈·特劳特的父亲幸运地变成了阐释物种命运进化系统方面的专家。他发现的是有别于达尔文物竞天择这一奥卡姆剃刀的另一方面。

---

1 科尔·波特（1891—1964），美国作曲家、抒情诗人，著有音乐喜剧《五千万法国人》和歌曲《跳起比津舞》等。
2 比津舞起源于南美洲，节奏强烈奔放，是一种类似于伦巴的舞蹈。

基尔戈九岁的时候，特劳特一家执意来到加拿大新斯科舍省内地的失望湖畔，安营扎寨，度过了一九二六年的夏天。那个地区的达尔豪西啄木鸟已经放弃了震得头脑发昏的啄木工作，而改为在鹿和麋鹿背上寻找众多的黑蝇当作美餐。

谁都知道，达尔豪西是加拿大东部最最普通的啄木鸟，主要分布在从纽芬兰到马尼托巴，从哈得孙湾到美国密歇根州的底特律这一带。但只有失望湖地区的达尔豪西与众不同。它的羽毛、喙的大小、体形都与其他啄木鸟无异，但它不再用笨法子找虫子吃——从树干的小洞里把虫子挖出来，一次一条，累得要死。

一九一六年第一次世界大战的硝烟仍弥漫在另一半球上时，人们第一次观察到它们吃黑蝇。此前此后的年月里，失望湖畔的达尔豪西啄木鸟都没有成为人们观察研究的对象。特劳特解释的原因是，凶恶的黑蝇常常成群结队，像小旋风一样，使得人类难以在这种有悖天性的啄木鸟的栖息地落脚安居。

因此，尽管酷热难当，特劳特一家都穿得像养蜂人似的，度过了那年夏天：戴着手套，穿着手腕处扎紧的长袖衬衫、脚踝处扎紧的长裤，头戴纱布垂肩的宽边帽，以保护头部和脖子。父亲、母亲和孩子用无轮滑橇将帐篷营具、沉重的电影摄像机和三脚架，拖到了宿营的沼泽地。

特劳特博士希望能拍摄到与同类外表无异的达尔豪西啄木鸟不在树干上啄木，而到鹿和麋鹿背上觅食的镜头。这种简单的图像资料足以引起学界的兴趣，因为它说明了低等动物不仅可以在生物特性上，而且可以在文化特性上得到演化。有人也许可以从中推断出这样的假设，鸟群中有一只鸟（可以说是它们的爱因斯坦）进行了理论研究并证明，黑蝇与它们从树干中挖出来的虫子同样营养丰富。

然而，特劳特博士的发现却使他惊异不已！这种鸟不仅胖得叫人恶心，成了其他猎食动物唾手可得的猎物，而且它们还会自行炸裂！由于黑蝇体内某些化学物质的作用，一种在达尔豪西啄木鸟窠附近的菌类植物的孢子，进入这种肥胖过度的鸟的体内，会在肠道内引起一种新的疾病。

这种菌类在鸟体内以一种新方式生活，到达某一时期会突然释放大量的二氧化碳，多得足以使鸟体炸裂！一只达尔豪西啄木鸟，也许是失望湖实验最后的老者，一年后在密歇根州底特律一个公园里爆炸，引发了这个汽车城历史上第二糟糕的种族暴乱。

49

特劳特曾写过一篇关于另一次种族暴乱的小说，讲的是二十亿年以前发生在另一颗星球上的事。那颗星球比地球大一倍，绕着一颗大小如布布星的叫普克的星球运转。

重播开始以前很久，有一次我曾在纽约自然历史博物馆中问我哥哥伯尼，他是否相信达尔文的演化论。他说他信。我问为什么信，他说："因为没有别的游戏可玩。"

伯尼的回答倒引出了一个很久以前的笑话，类似"叮儿——铃，你这个狗杂种！"的笑话。一个家伙要去赌牌，有朋友告诉他牌局里面有诈。那家伙回答说："是的，我知道，但没有别的游戏可玩。"

我记得英国天文学家弗雷德·霍伊尔[1]曾说过，相信达尔文演化理论的构架，就相当于相信一场飓风刮过废铜烂铁堆，将金属重新组合成了一架波音747飞机。这是他的大致意思，我懒得去核查他的原话。

　　不管是什么在创造着物种，我必须指出，长颈鹿和犀牛都怪异得荒唐。

　　人的头脑也是如此。它与身体上比较敏感的部位，如那件器具，沆瀣一气，憎恨生活但假装热爱它，而且做出相应的表现："趁我高兴谁来一枪崩了我！"

　　鸟类学家的儿子基尔戈·特劳特在《我的十年自动飞行》中写道："受委托人是一只神话中的鸟，从未存在于自然界，不可能存在，也不会存在。"

　　把受委托人说成是某一种鸟类的，特劳特是唯一的一个。这个名词来自拉丁语fiducia，意即信心、信任，实际上用来指人类中那些专门保管别人财产的人，包括属于政府国库的财产。现在尤其指纸面上和电脑数字代表的财富。

　　如果没有头脑和那件器具等，他，或者她，或者它，都无法存在。因此，不管是否重播，这个一九九六年的夏天，如同以往一样，奸诈的资本保管人在金钱游戏中大发其财，成了百万富翁和亿万富翁，而这些钱应该有更好的去处：创造有意义的就业机会，训

1　弗雷德·霍伊尔（1915—2001），英国数学家、天文学家，宇宙稳恒态学说创立者之一。

练人员充实岗位，抚养年幼的，安置年老的，让他们获得尊严和安全感。

看在上帝的分上，让我们帮助那些担惊受怕的人渡过难关，不管困难是什么。

为什么把钱往问题上扔？因为钱本来就是为了解决问题用的。

我们这个国家的财富是不是应该重新分配？财富一直而且继续以一种极不合理的方式在一小部分人中间进行着重新分配。

让我说明一下，我和基尔戈·特劳特都从来没用过分号。分号没有任何作用，不说明任何问题。它们是有异性装扮癖的阴阳人。

同甘共苦，关怀体贴，在一个大家庭中可以做到，但要使它在一个泱泱大国蔚然成风则不容易。的确，如果没有措施使人们从大家庭中得到所有的支持和关爱，那么任何为人民谋福利的美好愿望，只能像个有异性装扮癖的阴阳人。受委托人也许可以不像巨鸟和凤凰那样，完全是虚构的。

50

　　像我这样的年迈老者还能记得，过去任何正派出版物都不会印上"操"这样的字。那是个充满邪恶魔力的坏字眼儿。又是一个老笑话："在宝宝面前不要说'操'字。"

　　我那时出版的长篇小说《五号屠场》，因里面有"操他娘"的字样而受到攻击。在小说的前面部分，有人向在德占区被捕的四名美国兵开了一枪。一个美国兵对另一个从来没操过任何人的士兵吼道："把头缩下去，你操他娘的傻蛋。"

　　自从这样的文字印出以后，当母亲的在做家务时都不得不系上贞操带[1]。

　　我当然能理解至今仍广泛存在、也许永远会存在的对极权的反

1　中世纪为防止女人私通而设计的一种装束。

感，那是产生于对独裁者的残暴与愚行的理智的反应。

对于我们这些从大萧条过来的孩子来说，因为某些原因而把共产主义一词从文雅的思想中清除出去，好像仍然有点可惜。这个词一开始只不过描述了可能替代华尔街大赌博的合理选择。

不错，苏维埃社会主义共和国联盟英语缩写USSR中的第二个S指的是社会主义，所以，再见吧，印第安纳州特雷霍特的尤金·德布兹之魂。在那里，皎洁的月光照耀在沃巴什河上，那儿的田野散发出新割下的青草的清香。

"只要还有一个人蹲在监狱，我就还没有获得自由。"

华尔街的赌博一夜之间扼杀了包括银行在内的多少商家，又使成百万的美国人无法支付食物、住房和衣服。大萧条时期是寻求各种取代现行体制的时机。

那又怎么样？

如果把重播算进去，那几乎是一个世纪以前的事了。忘了它吧！当时活着的人现在几乎都死得像铁钉一样。祝他们下辈子社会主义快乐！

现在是二〇〇一年二月十三日下午，要紧的是基尔戈·特劳特把达德利·普林斯从时震后麻木症中唤醒。特劳特要他张口说话，随便说什么，什么胡言乱语都可以。特劳特建议他说"我向国旗宣誓"，或者别的什么，以此向他自己证明，他又重新主管自己的命运了。

普林斯先语无伦次地说了些什么，但不是宣誓词，表明他正在试图理解特劳特对他说的那些话。他说："你说我有了什么东西。"

　　"你得了病，现已康复，赶快行动起来。"特劳特说。

　　"这句话以前，"普林斯说，"你说我有了什么。"

　　"别问了。"特劳特说，"我刚才着急了，我冲昏了头脑。"

　　"我还是想知道你说我有了什么。"普林斯说。

　　"我说你有了自由意志。"特劳特说。

　　"自由意志，自由意志，自由意志。"普林斯重复着，脸上露出惊讶的表情，"我老想知道自己有了什么东西，现在终于有了个名字。"

　　"别管我说了什么，"特劳特说，"去救命要紧！"

　　"你知道自由意志有什么用吗？"普林斯问。

　　"不知道。"特劳特说。

　　"可以拿去擦你的屁股。"普林斯说。

51

特劳特正在美国文学艺术院门厅里唤醒患时震后麻木症的达德利·普林斯。我把他比作弗兰肯斯坦博士，暗指的当然是英国诗人珀西·比希·雪莱的第二任妻子玛丽·沃尔斯通克拉夫特·雪莱的小说《弗兰肯斯坦——或现代普罗米修斯》中的那个反英雄角色。在那部小说中，科学家弗兰肯斯坦把从不同尸体上取来的各个部分按照人的形状拼合起来。

弗兰肯斯坦用电将其激活。书中电击的结果，同真实生活中美国各州立监狱中的电椅产生的结果正好相反。很多人以为弗兰肯斯坦是那个怪物，其实不然。弗兰肯斯坦是那个科学家。

希腊神话中的普罗米修斯用泥巴创造了最初的一批人类。他从天上盗来火种，交给他们取暖煮饭，而不是让他们去烧死日本广岛、长崎所有那些黄皮肤小杂种的。

在我这本奇妙无比的书的第二章中，我提到过在芝加哥大教堂中举行的轰炸广岛五十周年纪念会。我的朋友威廉·斯泰伦认为轰炸广岛救了他一命。在当时我说我不得不尊重他的观点。当美国投下原子弹的时候，斯泰伦正在海军服役，为入侵日本本岛进行着战备训练。

然而，我还不得不加上一句：我知道有一个词能够证明我们这个民主政府干得出下流的、歇斯底里的、种族主义的、人面兽心的滥杀手无寸铁的男人女人和儿童的行径。这种屠杀完全没有任何军事意义。我说了这个词。这是一个外国词，那个词就是长崎。

管他呢！那也是很久很久以前的事了。如果你把重播计算在内，比实际时间还要长十年。我觉得当前值得一提的是现已被普遍称作"基尔戈忠告"的那句话："你得了病，现已康复，赶快行动起来。"这句话当时激活了达德利·普林斯，而现在，时隔多年，自由意志早已不再是新鲜玩意儿了，但这句话仍然继续适用于人类的生存处境。

我听说全国各地公立学校的老师们，在每天开课之前，让学生背诵宣誓词和主祷文之后，再背诵基尔戈忠告。老师们说好像有点作用。

一个朋友告诉我，在他参加的一场婚礼达到高潮时，主婚的牧师说："你们得了病，现已康复，赶快行动起来。我现在宣布你们结为夫妻。"

另一个在猫粮公司工作的生化学家说，她住在加拿大多伦多一家旅馆，请总台服务员早上打个电话叫醒她。第二天早晨，她拿起电话时听到服务员说："你得了病，现已康复，赶快行动起来。现在是上午七点，外面气温是三十二华氏度、零摄氏度。"

光在二〇〇一年二月十三日一个下午，外加上接下来两个星期左右的时间里，基尔戈忠告在拯救地球人类生命方面所起的作用，可与两代人之前爱因斯坦的"$E=mc^2$"在摧毁地球人类生命方面所起的作用相提并论。

特劳特让达德利·普林斯把魔语传达给在文学艺术院值日班的另外两名武装警卫。他们来到原先的美洲印第安人博物馆，用魔语将那儿意识僵化的流浪汉们唤醒。很多被唤醒的"圣牛"，大约有三分之一，反过来成了救治时震后麻木症的福音传教士。这一支衣衫褴褛、无人愿意雇佣的老兵，仅以基尔戈忠告武装，向街邻四周散开，把更多活的雕像变成有用的生命体，帮助受伤的，至少在冻死之前把他们拖进室内某个地方。

"上帝存在于细微之中。"无名氏在第十六版《巴特莱特常用引语汇集》中如此告诉我们。加固铁甲的高级轿车将佐尔顿·佩珀送来此地，让他在按文学艺术院门铃时被压扁。这一看似无足轻重的细节，其实是一个可以说明问题的例子。轿车司机杰里·里弗斯把瘫痪的乘客以及他的轮椅卸到人行道上之后，将车子朝着哈得孙河的方向西移了五十码。

那仍然是重播的一部分。不管是不是重播，杰里反正不会把车停在大门口，生怕一辆豪华轿车会引起人们注意，怀疑文学艺术院也许并不只是一幢人们遗弃的建筑。如果没有这一条政策，佐尔顿的高级轿车就将承受消防车的冲力，有可能，但不完全肯定，可以拯救正在按门铃的佐尔顿一命。

但是代价如何？文学艺术院的大门就不会被撞开，基尔戈·特劳特也就无法接近达德利·普林斯和其他武装警卫。特劳特也不会穿上他在那儿找到的一套警服，使他看上去更像一个权威人物。他也不可能拿起文学艺术院的火箭筒，把停车场上一辆被撞得防盗铃呜呜作响的无人车辆一炮打哑。

52

　　美国文学艺术院确实有火箭筒，那是因为匪帮们从国民警卫队彩虹分队偷来了一辆坦克，用来打头阵，已经袭击了哥伦比亚大学。那伙人胆大包天，竟然高举着代表昔日荣耀的星条旗。

　　没人敢碰这伙匪帮，就像没人敢碰十大超级公司一样。可以想象，这批军阀把自己看作完完全全的美国人。"美国，"基尔戈·特劳特在《我的十年自动飞行》中写道，"是昨天才发明的三亿鲁布·戈德堡[1]式互相纠结的小玩意的综合体。"

　　"你最好建一个大家庭。"他继续写道。但在一九四五年九月十一日从部队复员到二〇〇一年三月一日到达离宫这段时间内，他本人却没有家庭。他是同莫妮卡·佩珀、达德利·普林斯和杰里·里弗斯三人一同乘坐豪华铁甲轿车来到离宫的，后面挂着一辆超载的笨重的拖车。

1　鲁布·戈德堡（1883—1970），美国连环漫画家，创造了一个著名的漫画人物，此人专用极其复杂的办法做简单事情。

鲁布·戈德堡是上一个基督教千年最后一个世纪中的一名报刊漫画家。他的画往往是些复杂到荒唐但又不可靠的机械，其组成部分包括踏车、机关门、铃、警报器、套上挽具的家畜、喷焊枪、邮件投递器、电灯泡、鞭炮、镜子、收音机、留声机、发射无弹头子弹的手枪等，用以完成诸如关上遮阳窗叶之类非常简单的任务。

是的，特劳特总是唠唠叨叨反复讲，人需要有个大家庭。我也仍然强调这一点。因为很显然，我们是人，就如需要蛋白质、碳水化合物、脂肪、维生素和其他基本矿物质一样，也需要大家庭的温暖。

我刚刚读到这样的报道：一个十几岁的少年父亲把自己的婴儿使劲摇晃致死，因为孩子还不能控制肛门括约肌，而且啼哭不止。如果在一个大家庭中，周围还会有其他人，孩子就能得救。他们会帮着哄孩子，也会安慰当父亲的。

如果这个父亲在一个大家庭中长大，他也许不会表现如此糟糕，也许还根本不会成为一个父亲，因为他还太年轻，成不了好父亲。因为他太缺少理智，绝不可能成为好父亲。

在重播开始前很久的一九七〇年，我在尼日利亚的南部。那时比夫拉战争[1]行将结束，我们站在比夫拉一方——大多数是伊博人的战败的一方。我遇见一个刚得了新生儿的伊博父亲。他有四百个

1　比夫拉战争，1967—1970年发生于尼日利亚，战争和由于战争导致的饥饿共造成约百万人死亡。

亲戚！虽然节节败退的战争还在继续，但他和他的妻子正准备一次旅行，将新生儿介绍给所有的亲戚。

如果比夫拉军队需要招募新兵，几个伊博大家庭坐下来讨论决定派谁去。在和平时期，家庭讨论送谁去读大学，常常到遥远的加利福尼亚理工学院、牛津大学和哈佛大学。接着，全家筹集资金，用以支付路费、学费以及购置适合于大学所在地气候和习惯的衣物之类。

在那边，我遇见过一位叫契努阿·阿契贝[1]的伊博作家。他现在在这边的巴德学院一边任教一边写作。学院在纽约州哈得孙河畔的阿南代尔，一二五〇四邮区。尼日利亚目前处在穷凶极恶的执政集团统治之下，批评政府的人因自由意志过多而常常被处以绞刑。我问他，伊博人现在情况如何。

契努阿说，政府中没有伊博人的角色，他们也不想参政。他说伊博人依靠小型经营维持生存，但是不大可能与政府及其盟友，包括壳牌石油公司，形成冲突对抗。

他们一定开过许多次会，讨论道德问题和生存策略问题。

他们仍然把最聪明的孩子送到远方最好的大学去深造。

当我高度赞扬家庭观念和家庭价值时，我所指的并非带着孩子的一男一女，他们刚刚来到城市，惊慌失措，在经济、技术、环

1　契努阿·阿契贝（1930—2013），尼日利亚著名作家，也被称作"当代非洲文学之父"，其作品常描写西方文化入侵和非洲传统文化分崩离析而导致的社会现象。

境、政治一片混乱中六神无主。我所指的是如此众多的美国人如此迫切需要的东西——第二次世界大战前我在印第安纳波利斯所拥有的、桑顿·怀尔德的剧作《我们的小镇》中人物所拥有的、伊博人所拥有的东西。

第四十五章中，我建议在宪法里增加两项条款。这里还有两条。应该说不算是对生活的奢望，就像《人权宣言》一样。

第三十条：每个人一旦达到法定的青春期年龄，应该在一个庄严的公众仪式中宣布成为成年人，他或她必须承担社团中的新义务，并受到相应的尊重。

第三十一条：必须努力做到使每个人感到，一旦他或她离去，人们会非常思念。

人类精神理想食谱中的这些基本成分，只有在大家庭中，才能得到确切无疑的保证。

53

　　《弗兰肯斯坦——或现代普罗米修斯》中的怪物开始变坏，因为他发现自己长得奇丑无比，令人讨厌，活着是一种羞耻。他杀死了弗兰肯斯坦——再说一遍，这是那位科学家而不是那个怪物的名字。让我赶快做一补充说明：我的哥哥伯尼从来不是弗兰肯斯坦式的科学家，从来没有，也不会去从事任何种类的以摧毁为目的的发明。他也没有当过潘多拉，从盒子里放出新的毒药或新的病菌之类。

　　根据希腊神话，潘多拉是第一个女人。普罗米修斯用泥土造人后，又偷了火种，众天神一怒之下创造了她这个人。创造女人是他们的报复。他们给潘多拉一个盒子。普罗米修斯恳求她千万别打开。她把盒子打开了。人类将继承的所有邪恶都从中跑了出来。

　　盒子中最后出来的东西叫希望。它飞走了。

　　这个令人沮丧的故事不是我，也不是基尔戈·特劳特编造的。

那是古希腊人的故事。

然而，我想说明的观点是：弗兰肯斯坦的怪人郁郁寡欢，带有破坏性，而特劳特在文学艺术院周围激活的人，虽然其中大多数不可能在选美中获胜，但总体说来却都情绪乐观，且富有公众意识。

我必须说的是，他们中的大多数与选美无缘。但其中至少有一名漂亮过人的女人。她是文学艺术院办公人员之一，叫克拉拉·齐纳。莫妮卡·佩珀断定是克拉拉·齐纳在抽雪茄，启动了画廊的烟雾警报器。莫妮卡见到她时，克拉拉发誓她这一辈子从来没有抽过一支雪茄，她讨厌雪茄味。说完，她拂袖而去，不见踪影了。

我不知道她后来怎样了。

特劳特把原来的美洲印第安人博物馆改成了临时医院。克拉拉·齐纳和莫妮卡都在那儿照料伤员，那时，莫妮卡向克拉拉问起雪茄的事。接着，克拉拉骑上一辆轻便摩托离开了。

特劳特手提着现在属于他的火箭筒，在达德利·普林斯和其他两名武装警卫的陪同下，把仍留在住宿营的流浪汉统统赶了出去。他们这样做，为的是腾出床位给那些肢体、头颅受伤的人。他们比流浪汉们更需要、也更应该得到一个温暖的可以躺下的地方。

这是伤病员鉴别分类。基尔戈·特劳特在第二次世界大战战场上也见过类似场面。"我唯一遗憾的是，我只有一次生命可以献给祖国。"美国的爱国者内森·黑尔[1]说。"去他娘的流浪汉！"美国的爱国者基尔戈·特劳特说。

佩珀夫妇那辆改造过的豪华轿车的司机杰里·里弗斯，驾着他的梦之舟绕过撞毁的车辆和伤亡人员，常常不得不开上人行道，最终到达西五十二大街上哥伦比亚广播公司的演播室。里弗斯喊道："你们得了病，现已康复，赶快行动起来。"把里面的工作人员唤醒。然后，他让他们通过无线电广播和电视，把同样的信息从东海岸到西海岸向全国播发。

为了使广播公司的工作人员按他的吩咐去做，他不得不对他们撒了个谎。他说有一些来历不明的人施放了神经毒气，现在大家正在渐渐苏醒。于是，基尔戈·特劳特的忠告就这样传到了美国千百万民众以及全世界亿万人的耳中："这是哥伦比亚广播公司特别节目！一些来历不明者施放了神经毒气。你们得了病，现已康复，赶快行动起来。请确保把儿童和老人转移到室内安全的地方。"

---

1 内森·黑尔（1755—1776），美国独立战争时期的英雄，侦察时被英军逮捕，此话是他临刑前所说的名言。

54

当然，失误在所难免！但特劳特用火箭筒打哑汽车防盗警报并不是其中之一。如果要写一本一旦时震再次发生、重播再次出现、自由意志再次闯入时城市里如何应急的小册子，书中应该提议每个街坊各备一把火箭筒，并让责任心强的成年人知道存放在何处。

失误？小册子应该指出，不管是否有人操作，对于车辆造成的损坏，车辆本身没有责任。把车辆当作东躲西藏的反抗奴隶来对待，不会起到任何作用，因为它们仅仅是车辆而已。把仍处于运转状态的轿车、卡车、公共汽车当替罪羊，还会使援救人员和难民丧失交通工具。

特劳特在《我的十年自动飞行》中告诫人们："把别人停泊在某处的一辆道奇勇士轿车打得稀烂，也许能为精神压迫症患者带来一时的解脱。但是，一切过后，这只能给车主的生活带来更大的混乱和烦恼。己车所不欲，勿施于人车。"

他继续说道："没有人的行为的卷入，一辆熄火的机动车若能

197

自己启动，那便成了天方夜谭。自由意志闯入之后，如果你必须把点火装置的钥匙从熄火的、无驾驶员的车辆上拔走的话，千万、千万、千万把钥匙扔进邮箱里，而不要扔在阴沟里或者堆满垃圾的空地上。"

特劳特本人犯下的最大错误，也许是把美国文学艺术院用作陈尸所。包铁皮的大门和门框又被竖起固定在原来的位置，不让室内暖气外溢。其实更理智的做法应该是把尸体铺排在墙外，因为外面气温低，零下好几度。

在远离市区直通地狱的西一百五十五大街上，特劳特当然想不到去担心天上的事，但应该有某一位联邦航空管理局的成员在苏醒后意识到，地面上碰撞渐渐平息下来之后，天空中还有仍在自动飞行的飞机。机组人员和乘客仍在时震后麻木症的作用之下，昏昏沉沉，全然没有意识到燃料耗尽后将会发生什么。

十分钟，也许一小时，也许三小时，也许一段或长或短的时间之后，在六英里高空飞不动的飞机，将收盘清账，所有机上人员都将置地入住。

对于非洲的扎伊尔热带雨林中的身材矮小的俾格米人来说，二〇〇一年三月十三日也许与往常任何一天无异，并不更加精彩，也不更加沉闷，除非重播结束时有一架捣乱的飞机正巧落在他们的头上。

自由意志再次闯入时，所有飞行器中最糟糕的无疑是首先由天才莱奥纳多·达·芬奇（1452—1519）所预见的螺旋提升器，即直升机，或称铁蜻蜓。直升机不能滑行，直升机本来就没想上天飞行。

比天上的直升机安全些的地方是游乐场的惯性车，或垂直大转轮。

是这样，当纽约市实行了军事管制后，以前的美洲印第安人博物馆变成了军营。基尔戈·特劳特的火箭筒被收缴，文学艺术院总部被征用，改作军官俱乐部。特劳特，还有莫妮卡·佩珀、达德利·普林斯和杰里·里弗斯坐上豪华轿车，驶向离宫。

特劳特这个从前的流浪汉，现在穿上了昂贵衣着，包括鞋袜、内衣、衬衣袖口的链扣，与原属于佐尔顿·佩珀的路易威登行李箱很匹配。每个人都认为莫妮卡的丈夫还是死了为好。他还有什么可指望的呢？

特劳特在西一百五十五大街发现了佐尔顿被压扁、压长的轮椅。他把轮椅竖起倚在一棵树上，说，这是现代艺术。碾压后两个轮子叠在一起，看似一个。特劳特说，这是一只铝和皮制的六英尺大螳螂。正要骑上一辆独轮车。

他将这件作品命名为《二十一世纪的精神》。

55

好几年前我在肯塔基马赛上遇见作家迪克·弗兰西斯。我知道他过去曾是障碍赛马冠军。我对他说，他长得比我想象的要高大。他回答说，在障碍赛马中需要大个子"才能把马控制住"。他的那个形象能在我脑中保留那么久，我想那是因为人生本身似乎也是如此，虽然要控制住的不是马，而是人的自尊，因为人的自尊也必须越过栅栏、树篱、水塘等重重障碍。

我可爱的女儿莉莉现在已十三岁了，成了漂亮的少女。在我看来，她像其他大多数美国少女一样，在令人恐惧的障碍赛马中尽其全力，拼命控制住她的自尊。

我在巴特勒大学对不比莉莉大几岁的新毕业的学生说，人们称他们为"X一代"[1]，倒数第三个字母"X"，但他们又是"A一

1 "X一代"，又译"无名一代"，指从1961年到1971年出生的美国人。这是最受蔑视的一代。

代"，是字母"A"，像亚当和夏娃一样。多蠢的废话！

梯子精神[1]！活到老，学到老！只是在一九九六年的现在，在我正要写下一句的这一片刻，我才突然意识到伊甸园的比喻对于那些年轻的听众是多么没有意义，因为这个世界上密密层层到处是惊恐不安而又未敢表露的人，到处布满天然生就的和人为制造的陷阱。

要写的下一句是：我应该告诉他们，他们都像年轻时的迪克·弗兰西斯，骑在一匹威风凛凛而又惊恐不安的马上，站在障碍马赛的起跑线上。

还有话要说：如果一匹马遇到障碍而一次又一次逡巡不前，它就会被放养到草场去。像我这把年纪或更大年纪还活在世上的美国中产阶级成员，他们的自尊现在大多已放养在草场上了。算是个不错的去处。他们可以吃草，可以反刍。

如果自尊折断了一条腿，那条腿就不可能复原。主人不得不一枪结果了它。我脑中涌进了一大批名字，我母亲和欧内斯特·海明威和我原来的文学代理和杰赛·柯辛斯基和我在芝加哥大学的那位扭扭捏捏的论文指导老师和伊娃·布朗等。

但是基尔戈·特劳特不会走这条路。我最爱基尔戈·特劳特的地方，就是他那坚不可摧的自尊。无论是在战争时期还是和平时期，男人爱男人的情况都可能发生。我也爱我的战时伙伴

---

1 原文为法语"Esprit de l'escalier"。

伯纳德·维·奥黑尔。

很多人遭遇失败，是因为他们脑子不灵，是那三磅半重布满血丝的海绵状物体、那顿狗的早餐发挥不佳。失败的原因有时就这么简单。有些人不管怎样努力，就是事不如愿。现实如此！

我有个同龄的表兄弟，是个五大三粗的室内电路排线工，为人友善，但在肖利奇高中读书时成绩极差。一次他拿回一份令人汗颜的成绩单。他父亲问他："这是什么意思？"我的表兄弟回答道："你难道不知道，爸爸？我是个饭桶，我是饭桶。"

以下的事可供你细细思考：我的舅公卡尔·巴勒斯曾是美国物理学会的创建人和主席。布朗大学的一幢校舍也是以他的名字命名的。卡尔·巴勒斯舅公在那所大学当了多年的教授。我从未见过他，我大哥见过。直到这个一九九六年的夏天，伯尼和我都认为他是个头脑清醒的科学家，为人类更多地认识自然法则做出过微薄的贡献。

然而，去年六月我让伯尼给我讲讲我们那位受人尊重的舅公，不管多么微不足道，到底具体做出过什么贡献。伯尼完美地继承了他的基因，但他的回答含含糊糊，犹犹豫豫。伯尼自己也感到好笑，直到如今他才意识到，卡尔舅公搞了一辈子引力物理学，从来没对他讲过他本人有何成就。

"我还得去查查看。"伯尼说。

坐稳别紧张！

事情是这样的：卡尔舅公在一九〇〇年前后，曾在云室里做过X光和辐射线对冷聚作用影响的实验。云室是一个木制圆桶，充满他自己调制的人工雾。他得出结论并发表了论文，十分肯定地指出，离子化对冷聚作用相对而言并不重要。

　　朋友们，邻居们，在几乎同时，苏格兰物理学家查尔斯·汤姆森·里斯·威尔逊用一个玻璃制的云室，进行了类似的实验。这位精明的苏格兰人证明，X光和辐射线产生的离子对冷聚作用关系密切。他批判了卡尔舅公的结论，指出他忽视了木质云室的污染因素，以及制雾的原始方法，而且没有把雾与X光器械的电场隔开。

　　威尔逊在他的云室里继续取得进展，完成了肉眼能看见的充电微粒实验。为此他在一九二七年与另一名科学家分享了诺贝尔物理学奖。

　　卡尔舅公肯定感到像猫把死老鼠拖进家里一样！

56

　　纳德·勒德[1]可能，但不能肯定，是个虚构的工人，据说十九世纪初他在英格兰的莱斯特郡带头砸毁机器。作为一个至死不渝的勒德分子，就像基尔戈·特劳特，就像勒德，我至今坚持使用一台手动打字机。尽管如此，我比威廉·斯泰伦、史蒂芬·金等人在技术上还是先进了几代人。他们至今还像基尔戈·特劳特一样，仍然用铅笔在黄色的便笺本上写东西。

　　我用钢笔或铅笔在稿子上进行修改。为了生意上的事我来到曼哈顿，打电话给一个许多年来一直帮我重打修改稿的女士。也许我应该把她解雇了。她已从城市迁出，现住在乡镇。我问她那边的气候怎样。我问她放在外面的鸟食是不是有稀有鸟类光顾。我问她松鼠是不是找到了去吃鸟食的路径，等等。

1　纳德·勒德是一英国工人，1779年因不满机器替代工人的岗位砸毁两台织袜机（小说中的时间不正确），后来在1811至1816年反对机械化、参与捣毁机器的手工业工人被称为勒德分子，现亦指称阻碍技术进步的人。

是的，松鼠又找到了一条去吃鸟食的新路。如果有必要，它们可以成为高空秋千杂技演员。她过去常犯腰疼病。我问她现在腰怎样了。她说腰还可以。她问我我的女儿莉莉好吗。我说莉莉还可以。她问莉莉现在多大了。我说到十二月份就过十四岁生日了。

她说："十四岁！哦，天哪，哦，天哪。好像昨天还是个小婴孩。"

我说我还有几页纸要请她打。她说："没问题。"由于她没有传真机，我必须寄给她。又是这个问题，也许我真的该把她解雇了。

我住的是城里我们那幢褐色沙石房子的三楼。我们没有电梯。所以我带着修改好的稿子，步履沉重，咚——咚——咚地走下楼去，走到底楼。我妻子的办公室在底楼。她在莉莉那个年龄的时候，最喜爱读的书是关于女侦探南茜·德鲁的故事。

南茜·德鲁对于吉尔，就像基尔戈·特劳特对于我一样。于是吉尔问道："你上哪儿去？"

我说："我去买个信封。"

她说："你又不是个穷光蛋。为什么不买上一千只，放在柜子里？"她以为她思维很有逻辑性。她有一台电脑。她有一架传真机。她的电话装有录音装置，所以不会错过任何重要信息。她有一台复印机。那一堆垃圾她全有。

我说："我很快就回来。"

推开门，我踏入了外面的世界！行凶抢劫者！找名人签名的追星族！毒品贩子！有真正职业的人！乱交的女人！联合国工作人员和外交官！

我们的住房离联合国总部很近，因此常有完全外国人模样的人，在非法停泊的豪华轿车里走进走出，像我们所有其他人一样，尽力维持着他们的自尊。当我慢悠悠地逛过半个街区，来到第二大道上兼卖文具的报刊店时，由于周围都是外国人，如果我有这个情趣，就可以使自己感到像《卡萨布兰卡》中的亨弗莱·鲍嘉或彼得·洛尔[1]一样。《卡萨布兰卡》是历史上第三伟大的电影。

任何有半个脑子的人都知道，历史上最伟大的电影是《我作为狗的一生》。第二伟大的电影是《夏娃轶事》。

而且，我还有机会撞见真正的电影明星凯瑟琳·赫本[2]！她的住宅离我们只有一个街区！我同她说话，告诉她我的名字时，她总是说："哦，对，你是我弟弟的那个朋友。"我不认识她的弟弟。

但是今天没有这样的运气，管他呢。我是个哲学家。我别无选择。

我走进报刊亭。相对贫困的人，那些活着也没有特别价值的人，排着队在买彩票或其他骗人货。每个人都十分安分。他们假装不知道我是个名人。

---

1 亨弗莱·鲍嘉（1899—1957）和彼得·洛尔（1904—1964）都是美国著名电影演员，在《卡萨布兰卡》中饰演角色。
2 凯瑟琳·赫本（1907—2003），美国著名舞台剧和电影表演艺术家。

这家铺子是印度人开的夫妻店，实实在在的印度人！那个女人的双眉之间，装饰着一块小小的红宝石。就凭这一点也值得走一趟。谁用得着信封？

你必须记住这一点，亲吻依然是亲吻，叹息仍旧是叹息。

那家印度铺子文具用品的库存我了如指掌，知道得同他们一样清楚。人类学专业我不是白学的。我不用帮助就找到了九英寸宽、十二英寸长的马尼拉纸信封，同时想起了一个关于芝加哥虎仔棒球队的笑话。据说虎仔队要迁址菲律宾，并且重新命名，叫马尼拉文件夹[1]队。用于波士顿红袜队，这也是一个很好的笑话。

我站在排队人的末尾，与不买彩票的顾客闲聊。那些已经被希望和数字占卦剥去了一层皮的痴迷于彩票的受骗者，就相当于患了时震后麻木症。你可以开着十八轮的大卡车从他们身上碾过去。他们全不在意。

---

1 文件夹（folder）在英语中也可作"失败者、破产者"解。

57

从报刊亭再朝南走一个街区，就到了邮政便利所。我偷偷爱上了店里站在柜台后面的一个女人。我已经把稿纸装进了马尼拉纸信封，写上了地址，然后站到了又一条长队的末端。我现在需要的是邮票！秀色可餐，好吃，好吃！

我偷恋着的女人并不知道我爱她。想知道什么叫面无表情，有如纸牌上的头像？她的眼睛看到我的眼睛时，她就好像在看一只罗马甜瓜！

由于她坐着工作，隔着柜台，也由于她穿着工作服，所以我看得到的只是她脖子以上部分。但此已足矣！她脖子以上部分就像一席感恩节的盛宴！我的意思不是她长得像一盘火鸡，或甜薯，或红莓酱。我的意思是她使我感到犹如眼前铺开的一桌美餐。请，请！随便吃！

即使不加装饰，我认为她的脖子、她的脸、她的耳朵和她的头发也仍然可以成为感恩节的盛餐。然而她每天在耳朵上挂上新的叮当作响的耳环，颈上也有新的项链。她的头发有时做得很高，有时下垂，有时卷曲，有时平直。她无法装点的只有眼睛和嘴唇！某一天我从德古拉伯爵[1]的女儿手中买了邮票，而第二天她又变成了贞女玛利亚[2]。

今天她是《意大利游记》中的英格丽·褒曼[3]。但是我离她还有一长段路，前面排队的还有许多人：已经数不清钞票的糊涂而无用的老人，还有说话莫名其妙却傻乎乎地自以为在讲英语的移民。

就在这家邮政便利所，有一次我的钱包被扒窃了。给谁提供的便利？

我充分利用等待的时间。我从中了解了我永远不可能打交道的愚蠢的老板、不可能从事的愚蠢的职业，了解了我永远不可能亲眼看到的那部分世界，了解了但愿我永远不会得的疾病，了解了各家养的不同种类的狗，等等。来自电脑信息？不。我是通过失传的谈话艺术而获得各方面知识的。

最后，世界上唯一能使我从心底里感到快乐的那位女士接过我的信，称了一下，盖上邮戳。在她面前，我不用假装高兴。

我回到家，感到心情异常愉快。告诉你：我们都到地球上来逛一回。别去理会别人的胡说八道！

1　德古拉伯爵，十九世纪英国作家布兰姆·斯多克（1847—1912）的小说《德古拉》中的吸血鬼之王。
2　玛利亚，基督教信条认为，耶稣由贞女玛利亚受圣灵感孕而生。
3　英格丽·褒曼（1915—1982），生于瑞典的美国电影巨星，曾主演《卡萨布兰卡》《煤气灯下》《意大利游记》等。

58

不管算不算重播，在我七十三年的自动飞行期间，我教过文学写作课。一九六五年首次在爱荷华大学任教这门课，其后去了哈佛大学，再后是纽约城市学院。现在我已不再从教。

我教学生如何用笔墨同人进行纸上交流。我告诉学生们，写作就像同未曾谋面的人初次约会，应该友善热情，让初识的友伴感到愉快。要不然就一不做，二不休，像开一家真正的好妓院，尽管写作者其实完全独自一人在操持着这一行业。我说我对他们没有太多的期待，他们只需将二十六个发音符号、十个数字以及八个左右标点进行特殊的横向排列即可，而且这也不是什么以前从来没有做过的事。

在一九九六年，电影和电视已经极其有效地吸引了文盲和非文盲的注意力，我不得不对我那个现在想起来十分古怪的礼仪学校的价值产生疑问。疑点在于：对于未来墨水涂成的唐璜类的浪子或克娄巴特拉式的荡妇[1]，勾引仅以纸面文字进行，实在廉价得难以置信！他们不必去找有银行信誉的大牌男女明星加入阵容，再找有银行信誉的大牌导演，等等，然后再去找那些躁狂抑郁且熟知观众口味的人，从他们那儿筹集成百万美元的资金。

既然如此，何必自寻烦恼？我的答案是：很多人十分迫切地需要得到这样的信息："我大致同你一样感受事物、思考问题，关心的事情中有很多也是你所关心的，虽然这些事情大部分人已不再关心。你不孤立。"

我收养的三个外甥之一斯蒂夫·亚当斯，几年前在加州洛杉矶当电视喜剧作家，十分成功。他的哥哥吉姆曾参加过和平队[2]，现在是个精神病护士。他的小弟库尔特是大陆航空公司老资格的飞行员，帽上有金编带，袖上有金镶边。斯蒂夫的小弟梦寐以求的就是以飞行为终身职业。美梦成真了！

斯蒂夫儿番周折后终十明白，他为电视编写的所有喜剧段子的素材，必须来自电视本身大加渲染的事件，而且是在不久以前的。如果喜剧料子来自电视上一个月或更长时间未出现过的其他素材，那么尽管配音笑声不断，观众也会感到莫名其妙，不知有何可笑之处。

1　唐璜是西班牙传奇中的一个浪荡子，屡见于西方诗歌、戏剧之中，尤其以拜伦的长诗《唐璜》最著名；克娄巴特拉是古埃及女王，恺撒的情妇，出现在莎士比亚的剧作和很多其他文学作品中。
2　和平队，成立于1961年，代表政府但由志愿者组成，为欠发达国家提供技术服务。

猜猜怎么回事？电视是个擦除器。

把过去，甚至不久前的过去，从头脑中擦除，也许真的能使大多数人更容易渡过任何必须渡过的难关。我的第一任妻子简在斯沃思摩尔学院获得优等生金钥匙，但历史系反对。她在文章中写到一个观点，并在口头答辩中坚持认为，从历史中能学到的所有东西就是，历史本身全然是无稽之谈，所以，应该学点别的东西，如音乐。

我同意她的说法，基尔戈·特劳特也会同意。但在那时，历史还没有被擦除。当我开始以文学创作为职业时，我仍然可以提及过去，甚至遥远过去的事件和人物，而且一般可以期待相当一部分读者会对文中所言做出情感上的反应，或是正面的，或是负面的。

可以说明问题的例子：二十六岁的三流演员约翰·威尔克斯·布思谋杀美国最伟大的总统亚伯拉罕·林肯这一事件。

在《时光错动之一》里，这桩谋杀案是主要事件。不在历史系工作的六十岁以下的人，谁还会管这闲事？

59

　　《时光错动之一》中有一个虚构的人物，叫伊莱亚斯·彭布罗克，是个罗德岛的舰船设计师，在南北战争期间曾任亚伯拉罕·林肯的海军助理秘书。在书中我讲到，他为铁甲战舰"莫尼特"号[1]动力系统的设计做出了卓越的贡献，但却被妻子朱莉叶弃之不顾。她爱上了一个打扮入时的浪荡子——一个名叫约翰·威尔克斯·布思的演员。

　　朱莉叶写情书给布思，并约定在一八六三年四月十六日幽会。那是布思用大口径短筒手枪从背后打死林肯之前的两年。她假装为了去购物，为了摆脱被围困的首都的紧张气氛，在一个将军的酒鬼老婆的陪伴之下，离开华盛顿来到纽约。她们在布思住的同一家旅馆登记入住，晚上去观看他的演出。他演莎士比亚《恺撒大帝》中的马克·安东尼。作为马克·安东尼，布思的台词是令人毛骨悚然

1　"莫尼特"号战舰，美国南北战争中著名海战的交战舰船之一。

的预言:"人之罪恶,在生命结束后依然留存。"

　　朱莉叶和她的女伴演出后来到后台,不仅向约翰·威尔克斯,而且也向他的两个兄弟,演布鲁图的朱尼斯和演卡西乌的爱德温表示祝贺。约翰·威尔克斯在这美国三兄弟中排行最小,加上他们的英国父亲朱尼斯·布鲁图·布思,这一家子组成了英语舞台剧历史上迄今为止最出色的悲剧演员家庭组合。

　　约翰·威尔克斯一派骑士风度,吻了朱莉叶的手,就好像他们初次相见。而与此同时,他偷偷塞给她一包水合氯醛晶体。那是准备掺入饮料做成麻醉酒让她女伴喝的。

　　布思花言巧语让朱莉叶相信,她到他的旅馆房间去,他将给她一杯香槟和一个亲吻,仅此而已。而她将带着这甜美的记忆回到战后的罗德岛,在那里度过生命中余下的时日。要不然生活将是多么单调平凡。活脱脱一个包法利夫人[1]!

　　朱莉叶万万没有想到,就如她在她女伴上床前喝的战时走私酒中下了药一样,布思在她的香槟中也放了水合氯醛。

　　叮儿——铃!

　　布思使她怀了孕!她以前从未有过孩子。她丈夫的那件器具有毛病。她已经三十一岁了!那个小演员才二十四岁!

　　难以置信?

1　包法利夫人,十九世纪法国作家福楼拜的小说《包法利夫人》中的主人公,对生活充满不切实际的浪漫幻想。

她丈夫兴奋异常。她怀孕了？海军助理秘书伊莱亚斯·彭布罗克的工具毕竟还可以使唤！起锚！

朱莉叶回到罗德岛的彭布罗克身边，准备生孩子。他们所在的城镇是以她丈夫祖先的姓氏命名的。她担心得要命，生怕孩子会长得像约翰·威尔克斯·布思，耳朵上部像魔鬼那样是尖的，而不是弧形的。但她的孩子耳朵正常，是个男孩，取名叫亚伯拉罕·林肯·彭布罗克。

美国历史上最极端利己主义、最穷凶极恶的坏蛋的唯一后代取了这个名字，这其中的巨大讽刺意味，直到布思在完全被药力控制的朱莉叶的产道中播下孽种正好两年之后，才变得赫然可见。那时，布思将一颗铅弹送进了林肯的脑袋，即林肯的那份狗的早餐。

二〇〇一年在离宫，我向基尔戈·特劳特询问他对约翰·威尔克斯·布思的大致看法。他说一八六五年四月十四日受难节那天晚上的表演——向林肯开枪，然后从剧场的一个包厢跳到舞台上，摔断了腿——是"任何时候一个演员想创造自己演出素材时，都难免会发生的"。

60

朱莉叶独守着这一秘密。她是否后悔？她当然后悔，但无悔于爱情，尽管他们的情缘如此短暂，如此不幸。一八八二年她五十岁时，为了纪念她唯一的浪漫，她创办了一个业余演出团，叫彭布罗克面具假发俱乐部。她从来没有言及她的真意何在。

不知其父为何人的亚伯拉罕·林肯·彭布罗克后来在一八八九年开办了一家红人头纺织厂。直到一九四七年，这是新英格兰地区最大的纺织厂。而在一九四七年，亚伯拉罕·林肯·彭布罗克的孙子将举行罢工的工人锁在厂门之外，把公司迁移到了北卡罗来纳州。而亚伯拉罕·林肯·彭布罗克的第四代接着又把工厂卖给了一家国际联合大企业，后来这家企业把工厂搬迁到了印度尼西亚，而他本人则因酗酒过度而身亡。

他不是众多演员中的一个。不是众多刺客中的一个。也没有长着小鬼般的尖耳朵。

第三代的亚伯拉罕·林肯·彭布罗克在把工厂从彭布罗克镇迁到北卡罗来纳州之前，他同一个叫罗斯玛丽·史密斯的未婚黑人女佣发生了关系，使她怀了孕。他给了她很多钱，让她保持沉默。他的孩子出生在他离开之后，取名叫弗兰克·史密斯。

坐稳别紧张！

弗兰克·史密斯长着尖耳朵！弗兰克·史密斯将注定成为业余戏剧演出史上最最著名的男演员！他是黑白混血儿，身高仅五英尺十英寸。但在二〇〇一年的夏天，彭布罗克面具假发俱乐部日间上演罗伯特·舍伍德[1]的《林肯在伊利诺伊》，史密斯担纲主角，演技令人倾倒。当时基尔戈·特劳特负责音响效果。

演出组成员后来都去了离宫，参加海滨野餐会。就像费德里柯·费里尼[2]的电影《八部半》中的最后一个场景，全体都聚到了一起，如果不是亲自到场，也有面貌相似的代表。莫妮卡·佩珀长得像我的姐姐艾丽。专为这类夏日聚会雇来的当地烧烤师傅长得很像我那位已故的出版人西摩·劳伦斯（1926—1993）。是他出版了我的《五号屠场》，把我从默默无闻之中，从碎片残渣堆中拯救出来，而后又在他的保护伞下，我先前的作品得以再版。

基尔戈·特劳特长得像我的父亲。

1　罗伯特·舍伍德（1896—1955），美国剧作家，主要作品包括《呆子的欢乐》和《林肯在伊利诺伊》，两个剧作均获普利策奖。
2　费德里柯·费里尼（1920—1993），意大利著名电影导演，作品包括《卡比利亚之夜》《大路》《八部半》《卡萨诺瓦》等，多采用现实与想象糅合的象征手法。

特劳特在后台要制造的唯一音响效果,出现在整个演出最后一场最后一幕的最后一刻。特劳特把演出称为"人造时震"。他操作的是红人头纺织厂全盛时期用的古老的蒸汽汽笛。一个长得很像我哥哥的俱乐部成员是个管道工,他把这只能欢乐地哀号的哨子安在一个压缩空气罐上,中间设一阀门。那汽笛声也是特劳特所有作品中他本人的写照:欢乐的哀号。

当然,许多在《林肯在伊利诺伊》中没有角色的俱乐部成员,在彩排时看到也听到管道工亲自鸣响汽笛,都希望至少能得到拉响铜制大雄鸡的这份差事。但是俱乐部特别希望让特劳特感到他已不再是外人,而是这个大家庭中重要的一员。

不仅仅是俱乐部的成员和离宫的工作人员,其他包括在那边舞厅聚会的匿名嗜酒者分会、匿名赌徒分会,以及在那里找到栖身之地的受虐待的妇女、儿童和老人,都非常感谢他布施的能抚慰创痛、激发精神的祷文:你们得了病,现已康复,赶快行动起来。他的符咒使痛苦的时光不再延续。全世界都感谢他。

61

　　演出时特劳特十分紧张。为了不使他错过鸣汽笛的信号，从而把他的大家庭中的一切毁在他的手中，那个长相如我哥哥的管道工站在他和鸣笛装置后面，两手搭在特劳特的一副老肩上。当特劳特在演艺行业首次亮相的时机来临时，他将轻轻地捏他的肩膀，发出信号。

　　演出的最后一个场景设在伊利诺伊州斯布林菲尔德火车站的大院里，时间是一八一六年二月十一日。亚伯拉罕·林肯在最黑暗的时刻刚刚被选为美国总统，准备乘火车离开家乡，上帝保佑，去哥伦比亚特区华盛顿。林肯的角色由约翰·威尔克斯·布思黑白混血的第四代孙子担任。

　　他用林肯的原话道白："处于我的境况，谁也无法体会到别离的感伤之愁。我真心感谢这一片土地，感谢你们父老乡亲的帮助。在这里，我度过了四分之一个世纪，从一个年轻人变成了一个老人。我的孩子们在这里出生，其中一个已在这里安息。我现在即将离开，不知何时能够回来，是否能够回来。

　　"我是在一个极其困难的时刻，临危受命，承担总统职务的。我们中的十一个州已经宣布脱离联邦的意向，战争威胁与日俱增。

　　"我面对的将是一个重大使命。在为承担这一使命进行准备时，我向自己问了这样一个问题：是什么伟大的原则或理想，能在这么长的时间中把整个联邦凝聚在一起？我认为那不仅仅是因为殖民地脱离了母国，而是因为《独立宣言》中的精神。这种精神给我国人民带来了自由，给全世界带来了希望。这种精神是人类有史以来一直怀有的古老梦想的体现：总有一天，他们会挣脱身上的锁链，和睦相处，情同手足，找到真正的自由。我们已获得了民主，而现在面临的问题是，我们的民主能否继续生存。

　　"也许我们已处在难熬的梦醒时分，梦已经结束。若是这样，我想恐怕梦将永远地结束了。我想人们不再可能获得我们已经获得的机会。也许我们应该退让并且承认，我们自由平等的理想也会走向没落，最终失败。我听说过这样一个故事，一位东方君主曾令国内哲人为他找到一句任何时候、任何场合永远正确的话。他们找来告诉君主的话是：'一切都会成为过去。'

　　"在痛苦的时候，这句话让人感到欣慰——'一切都会成为过去'。但是，还是让我们相信，事实并非如此！让我们活着来证明，我们能够改变周围的自然世界，完善内心的理智和道德境界，以确保个人的发展以及社会、政治的繁荣。这样的事业应当不断推向前进，天长地久，永不衰败……

　　"愿万能的主保佑你们，希望你们在祈祷中能记得我……再见了，我的朋友们，乡亲们。"

一个扮演陆军军官卡瓦纳小角色的演员说："总统先生，该启程了，还是上车吧。"

林肯上了车，送行的人群唱起《约翰·布朗的团伙》。

另一个演司闸员的演员挥舞着手中的信号灯。

这是特劳特拉响汽笛的时刻。他完成了任务。

当幕布降落时，台后传来一声哭泣。脚本中没有这部分。这是即兴发挥。这是对美的嘉许。这哭声来自基尔戈·特劳特。

62

在演员聚会，也就是那次海滨野餐会上，我们不管说什么，开始总是吞吞吐吐，语带歉意，就好像英语不是母语一样。我们哀悼的不仅仅是林肯，而且也哀悼不复存在的美国雄辩。

在场的还有一个相貌长得与他人极其相似的人物。她就是面具假发俱乐部超级明星弗兰克·史密斯的母亲罗斯玛丽·史密斯，演出队的服装总监。她长得很像艾达·杨。艾达·杨的祖父辈是奴隶，我小时候在印第安纳波利斯时，她为我家干活。艾达·杨和我的亚历克斯叔叔携手合作，把我抚养大，花的心血不比我父母少。

没有人长得像亚历克斯叔叔。他不喜欢我的作品。我把小说《泰坦的女妖》题献给他，而亚历克斯叔叔说："我想年轻人也许会喜欢看。"也没有人长得像我父亲的堂妹，埃拉·冯内古特·斯图亚特。她和她的丈夫科夫特在肯塔基的路易斯维尔拥有一家书店。他们的书店不进我的书，因为他们觉得我的作品语言猥亵。在我写作开始阶段，这样的语言在当时确实不雅。

在那些即使我有神力也不愿让他们起死回生的已故灵魂中间，很多人都有与他们面貌相似的代表，其中包括肖利奇高中教过我的九个老师，还有在高中时雇我为布劳克斯百货公司抄写青少年服装广告的菲比·赫泰，还有我的第一任妻子简，还有我的母亲，还有同我父亲另一个堂妹结婚的约翰·劳奇姑大。约翰姑大向我提供了我们家在美国的家史。我把它放进《棕枝主日》中出版了。

简那位无意识的替身是个冒失的青年女士，在金斯敦的罗德岛大学执教生物化学。她在我能听见的距离之内谈论着那天的演出和日落之类："接下来会怎么样，我等不及了。"

在二〇〇一年的聚会上，只有已故的人才有与他们容貌相似的代表。美国文学艺术院雇用的离宫常任秘书、诗人阿瑟·加维·阿尔姆，长得矮小且有个大鼻子，酷似我的战时伙伴伯纳德·维·奥黑尔。

我的妻子吉尔，感谢上帝，还在活人中间，并亲自出席了聚会。我在康奈尔大学的同班同学诺克斯·伯格也是如此。在西方文明第二次自杀未遂之后，诺克斯成了《科利尔》杂志的小说编辑，每周为该杂志编辑发表五篇短篇小说。诺克斯给我找了一个很不错的文学代理，肯尼思·利陶尔上校。在第一次世界大战中，他是第一个向敌人战壕扫射的飞行员。

顺便提一下，特劳特在《我的十年自动飞行》中指出，我们应该从现在起就为时震标上序号，其方法就如同我们为世界大战或全美橄榄球超级杯赛编排序号一样。

利陶尔上校推销了我的十余篇小说，其中几篇给了诺克斯，这样，就使我能够辞掉通用电气公司的工作，同简和那时的两个孩子搬到科德角，开始成为自由作家。随着电视的兴起，许多杂志社倒闭。那以后，诺克斯成了出版原作平装本的编辑。他出版了我的三本书：《泰坦的女妖》《猫舍里的金丝雀》《茫茫黑夜》。

诺克斯帮着我起步，扶持着我发展，直到他无力相助为止。那时，西摩·劳伦斯前来营救。

在海滨聚餐会上以肉身出现的还有五个只有我一半年纪的人。他们对我作品的兴趣使我在暮年仍然希望继续有所作为。他们去那边为的不是见我，而是希望最终能与基尔戈·特劳特见面。这五个人是：罗伯特·韦德，他今年，即一九九六年夏天，在蒙特利尔将《茫茫黑夜》拍成了电影。马克·利兹，他撰写并出版了关于我生平与创作的百科全书，充满机智。阿萨·皮埃拉特和杰罗姆·克林科维兹，他们更新了我的作品目录，并写了一些有关我的文章。还有名字排序像下一次世界大战的乔·佩特罗三世，他教会我绢式印花。

我最亲近的业务合作者是我的律师和代理唐·法伯，他和他的爱妻安妮也在场。我最亲近的社交伙伴西德尼·奥菲特也在那儿。批评家约翰·伦纳德也在场，还有学者彼得·里德和洛里·拉克斯特罗、摄影家克利夫·麦卡锡和其他无法一一言及的许多陌生人。

职业演员凯文·麦卡锡和尼克·诺尔特也出席了聚会。

我的孩子和孙辈没在场。那没关系，完全可以理解。那不是我的生日庆祝，我也不是被邀的贵宾。今晚的英雄是弗兰克·史密斯和基尔戈·特劳特。我的孩子们，还有孩子们的孩子们，还有其他的鱼要煎[1]。也许应该说我的孩子们和孩子们的孩子们还有其他的龙虾、蛤蜊、牡蛎、土豆、玉米棒要放在海带上一起蒸。

管他呢！

做事就把它做好！记住卡尔·巴鲁斯舅舅的话，做事就把它做好！

---

1 英语习语，即另有要事需处理，或另有图谋。

63

　　这不是一部哥特式的小说[1]。我有一个已故的朋友博顿·迪尔，是个一流的南方作家。他南方地域观念非常强烈，不让出版商把征求书评的样本发至梅森-狄克森线[2]以北。他也用一个女性的笔名写哥特式小说。我问他哥特式小说的定义是什么，他说："一个青年女子走入一幢老房子，吓得尿了裤子。"

　　那是我同他一起在奥地利维也纳参加第一次世界大战后成立的国际作家组织——国际笔会时，他对我说的。我们接着谈到德国小说家里奥波尔德·冯·扎赫尔-马佐赫[3]。在上世纪末的小说中，他发现受凌辱、受折磨能产生快感。由于他，现代语言中有了"马

1　哥特式小说，指以恐怖、怪诞、衰败为特征的小说流派。
2　梅森—狄克森线，美国马里兰州与宾夕法尼亚州之间的州界线，也是南北战争期间南、北方的分界线。
3　里奥波尔德·冯·扎赫尔-马佐赫（1836—1895），奥地利小说家，作品对性受虐狂的描绘使其出名。

佐赫现象"一词，或称为"受虐狂症"。

博顿不仅写严肃小说，写哥特式小说，他也创作乡村音乐。他在旅馆房间里放着一把吉他，告诉我他正在创作一首叫《我不在维也纳跳华尔兹舞》的歌。我很怀念他。我希望在海滨野餐会上有一个长得像博顿的人。两个背运的渔夫在离岸不远的一条小渔船上，长得酷似圣人斯坦利·洛利尔和奥利弗·哈代[1]。

就算是吧。

博顿和我讨论了诸如马佐赫和马奎斯·德·萨德[2]等作家，他们都有意无意地引出了新的词汇。"萨德现象"，或译"虐待狂症"，指的当然是给别人施加痛苦时获得的快感。"萨德马佐赫现象"，或称"施虐受虐狂症"，指的是折磨别人、被别人折磨、自己折磨自己带来的快感。

博顿说，现在如果没有这些词语，就好像谈日常生活没有"啤酒""水"这类词汇一样，无以应对。

在当代美国作家中，创造了新词汇而又不是著名变态佬的，我们唯一能列举的是约瑟夫·海勒[3]——他不是变态佬。他第一部小

1　斯坦利·洛利尔（1890—1965），演员、编剧、导演、制片人，代表作品包括《音乐盒》等；奥利弗·哈代（1892—1957），著名喜剧、歌剧演员。
2　马奎斯·德·萨德（1740—1814），法国作家，著有长篇小说《美德的厄运》《朱莉埃特》等，作品中常有性施虐描写。
3　约瑟夫·海勒（1923—1999），美国小说家，黑色幽默文学代表作家，代表作为《第二十二条军规》。

说《第二十二条军规》的标题，在我手头的《韦伯斯特大学词典》中是这样定义的："一种困境，其唯一解决方法受阻于困境自身的条件。"

值得一读！

我告诉博顿，一次采访中有人问海勒是否害怕死亡时，他是如何回答的。海勒说，他从来没有做齿根管手术的经历。他认识的许多人都做过这个手术。从他们告诉他的情况来看，海勒说，如果他也非做不可，他想他应该也能熬得住。

他说，他对待死亡的态度也是如此。

这使我想起乔治·萧伯纳的剧本——他的人工时震《千岁人》[1]中的一个场景。剧作全本演出长达十个小时！最后一次全本演出是在我出生的一九二二年。

场景：亚当和夏娃已经在伊甸园生活了很长一段时间，现在正在富饶、和平、美丽的家园门口等待他们的主人上帝一年一度的来访。这样的造访迄今已有过几百次。在过去每一次来访时，他们都对他说，一切称心如意，他们感激不尽。

但是这一次，亚当和夏娃既紧张又害怕，但十分自豪。他们有新的内容要对上帝说。于是上帝出现在他们的面前，亲切和蔼，高大魁梧，神采奕奕，精力旺盛，就像我开酿酒厂的外公阿尔伯

---

1 《千岁人》，萧伯纳的剧作，又译《回到马修萨拉时代》。

特·利伯。他问他们是否还感到满意。他以为他知道答案，因为他尽其所能，创造了完美的世界。

亚当和夏娃比以前更深深相爱。他们对上帝说，他们很喜欢这儿的生活，但是如果他们能知道最终的结局将是什么，他们就会更加热爱生活。

芝加哥这个城市比纽约好，因为芝加哥有胡同小道。垃圾不会在路边堆积起来。送货车不会堵塞主要通道。

一九六六年我们都在爱荷华大学作家班任教的时候，已故的美国小说家纳尔逊·阿尔格伦对已故的智利小说家何塞·多诺索[1]说："来自这么细、这么长的一个国家，感觉一定挺不错。"

你以为古代罗马人十分精明？看看他们记数的方法有多么愚蠢。有一种理论认为，他们衰落、灭亡的原因，是因为他们的水管是铅制的。英语中管道plumbing的词根来自拉丁文plumbum，意即"铅"。铅中毒会使人愚笨，使人懒惰。

你的借口是什么？

一段时间以前，一位女子给我写了一封多愁善感的信，因为她

---

1 纳尔逊·阿尔格伦（1909—1981），美国小说家，主要作品有《金臂人》等；何塞·多诺索（1924—1996），智利小说家，是拉丁美洲新小说派的杰出代表，主要作品包括《夜晚的不祥鸟》等。

知道我也是个多愁善感的人，也就是说，是个北方的民主党人。她怀孕了，想知道把一个无辜的孩子带入如此堕落的世界之中，是否是明智之举。

我回答道，我活着并感到几乎值得活下去，是因为我遇到的那些圣人——那些无私而又有为的人。他们会在最意想不到的地方出现。亲爱的读者，也许你也可以成为她可爱的孩子将来能遇到的圣人。

我相信原罪。我也相信原德。四周看看！

粘西比[1]认为她的丈夫苏格拉底是个笨蛋。蕾伊婶婶认为亚历克斯叔叔是个笨蛋。我母亲认为我父亲是个笨蛋。我的妻子认为我是个笨蛋。

我又成了疯狂的、被哄骗的、哭笑无常的孩子。迷惑、困顿且茫然。

基尔戈·特劳特在海滨野餐会上说，年轻人喜欢枪战电影，因为电影中的死亡一点儿也不痛苦，持枪人就如同"自由职业麻醉师"。洛利尔和哈代坐在小船上，离岸仅五十码远。

他多么快乐！他多么受人喜爱！他打扮入时，穿着原来属于佐尔顿·佩珀的装束：无尾晚礼服和熟丝衬衫，系着鲜红的腰带和领结。在他的套间里，我站在他身后为他系上领结，这就像我自己学

1　粘西比，苏格拉底的妻子，也是悍妇、泼妇的代称。

会系领结前，我哥哥帮着我系的情景。

在海边，不管特劳特说些什么，都会引出笑声和掌声。他自己也不敢相信。他说在建造金字塔和石阵的年代，地球引力比较小，因此大石块能像沙发垫子一样扔来扔去。大家都喜欢听，还让他继续讲。于是他引用了《再吻我一次》中的一句话："一个漂亮女人不可能一直像她那样容貌姣好，时间一长就原形毕露。叮儿——铃？"人们告诉他，他机智幽默，像奥斯卡·王尔德[1]！

要知道，在海滨野餐会之前，此人面对过听众人数最多的场合，是第二次世界大战期间在欧洲当突前侦察兵时对炮兵连的情况报告。

"叮儿——铃！如果这还不算美事一桩，还有何事可言！"他对我们大家说。

我从人群的最后面，用他的话对他喊："特劳特先生，你得了病，现已康复，赶快行动起来。"

我的演讲经纪人珍妮特·考斯比也在场。

到了十点钟，这位作品早已绝版的老科幻小说家宣布，他就寝时间已到。他还有最后一件事要对我们，对他的一家子说。就如魔术师从观众席上挑选志愿者协助演出一样，他请一个人站到他旁边，按照他的吩咐做。我举起了手。"我，让我来。"我说。

我站到他右边的位置，大家安静了下来。

1　奥斯卡·王尔德（1854—1900），十九世纪末英国唯美主义代表作家，主要作品包括《道林·格雷的画像》《莎乐美》等。

"除了我们经历的一次小小故障，"他说，"宇宙膨胀得如此巨大。即使以光速进行值得一游的旅行，耗时之漫长也令人无法忍受。光速过去被认为是可能达到的最快速度，但现在就像骑马快递的邮政体系一样，已经进入了历史的坟墓。

　　"现在我请这位勇敢地站到我旁边的人，在我们头顶上的天空中挑出两点闪烁的微光。不管它们是什么，只要在闪烁就行。如果它们不闪烁，它们就是行星或者卫星。今天我们不去管行星和卫星的事。"

　　我挑了两颗大约相隔十英尺的亮点。一颗是北极星，我不知道另一颗是什么。我知道的就还剩普克星了，那是特劳特小说中大小如同布布星的一颗星球。

　　"它们是不是在闪闪烁烁？"他问。

　　"一点儿没错。"我说。

　　"肯定吗？"他说。

　　"可以发誓。"我说。

　　"非常好！叮儿——铃！"他说，"现在这样：不管这两点微光代表了什么天体，可以肯定的是，宇宙空荡得要用上几千甚至几百万光年才能从一颗星球到达另一颗。叮儿——铃？但我现在让你注意看其中一颗，然后再注意看另一颗。"

　　"好，"我说，"看完了。"

　　"只要一秒钟，是不是这样？"他说。

　　"最多一秒钟。"我说。

　　"即使你用了一个小时，"他说，"在两个天体过去所处

232

的位置之间已有东西经过，保守地说，以一百万倍于光速的速度经过。"

"什么东西？"我说。

"你的意识，"他说，"那是宇宙中的新质量，只是因为有人类的存在而存在。从现在开始，物理学家在探索宇宙秘密时，不仅应该考虑能量、物质和时间，还应该注意一个崭新的非常美丽的方面，那就是人的意识。"

在那个奇妙的夜晚当他对我们说最后这些话时，特劳特停顿了一下，用左手拇指关节将上颚假牙床稳住，不让它掉下来。

他的牙没出问题。他的结束语是这样的："我想到了一个比意识更确切的词，"他说，"让我们称它为灵魂。"他停顿了一下。

"叮儿——铃？"他说。

后记

  我唯一的兄弟，我的哥哥伯纳德，当了二十五年鳏夫，四天以前，一九九七年四月二十五日早晨，在癌症长期一次次发作之后，没有痛苦地死去了，享年八十二岁。他是地处奥尔巴尼的纽约州立大学大气科学研究中心荣誉退休的高级研究科学家，也是五个有出息的孩子的父亲。

  我七十四岁。我的姐姐艾丽丝如果活着的话已经七十九岁。在她四十一岁忍辱死去时，我说："艾丽要是能长寿，一定是个可亲可爱的老太太。"可惜她没有这样的命。

  而伯纳德则比较幸运。他过世的时候是个受人爱戴、和蔼可亲、滑稽而极富智慧的老家伙。他应该得到这一切。直到临终之前，爱因斯坦的一些话仍能使他兴奋不已，比如："神秘的东西是我们能体验到的最美的东西。它是一切真正艺术和科学之源。"还有一段，"物质概念是人头脑的自由创造物，而不是———不管似乎多么显而易见——完全由外部世界所决定的。"

爱因斯坦说过的最著名的话是："我永远不会相信上帝同这个世界玩的是掷骰子游戏。"伯纳德在对宇宙认识方面，思想十分开放。他甚至认为在极端情况下，祈祷也许会有好处。他的儿子特里得了咽喉癌，从来都是实验科学家的伯尼，向上帝祷告，祈求他能康复。特里真的活了下来。

碘化银的情况也是这样。他寻思，这种物质的晶体非常像水受冻后的结晶体，也许能教会云层中冰冷的微滴变成冰和雪。他做了实验，结果确实可行。

他把学术生涯的最后十年用于研究关于暴风雨中雷电的生成、去向、行为过程及原因，批驳一个早已建立而且被广泛接受和推崇的学术理论。他的观点遭到反驳。他写的一百五十余篇文章中的最后一篇，将在他身后发表，文中描述了自己进行的实验，无可辩驳地证明了他的正确。

他两头都不会输。不管实验出现何种结果，都会是极有趣的现象。不管结论是正是反，他都可以痛快地笑上一回。

在与人交谈方面，他比我更加滑稽幽默。大萧条期间，我常尾随着他，从他那儿学到的笑话同我从电影和收音机里的喜剧演员那儿学来的一样多。他觉得我也很滑稽，对此我感到十分荣幸。后来我发现他有一个小小的文件夹，保存着他感兴趣的一些与我有关的档案。其中一件是我二十五岁那年写给亚历克斯叔叔的一封信。在那个时候，我已经有了妻子和一个孩子，但还没有发表过任何东西。我刚从芝加哥回到纽约的斯克内克塔迪，为通用电气公司当推广宣传员。

我能得到这份工作，一是因为伯尼与欧文·朗缪尔和文森特·谢弗[1]合作进行了人工降雨实验，成了通用电气公司实验室里的红人；二是因为公司决定要有专门的新闻人员负责公共关系事务。在伯尼的建议下，通用电气公司雇用了我，在此之前，我是芝加哥城市新闻局一名颓废的记者，同时在芝加哥大学攻读人类学硕士。

我以为亚历克斯叔叔知道伯尼和我那时都在通用电气公司，而我负责的是公共关系。其实他一无所知！

亚历克斯叔叔看到刊载在《斯克内克塔迪报》上的一帧由报业联盟提供的伯尼的照片。他写信给这家报纸，说他为他的侄子"很感骄傲"，希望能够得到这样一张照片，并在信中附上一美元。报社的照片是从通用电气公司得来的，因此把请求转给了我的新上司。我的新上司顺理成章地又把信交到了我的手中。

我用蓝色的通用电气公司信笺给他写了如下的回复：

通用电气公司

纽约州斯克内克塔迪总部

纽约斯克内克塔迪五区

河滨路一号

一九四七年十一月廿六日

1　欧文·朗缪尔（1881—1957），美国物理化学家，因对固体和液体表面上的分子膜的研究开辟了胶体科学和生物化学新领域而获1932年诺贝尔化学奖；文森特·谢弗（1906—1993），美国化学家、气象学家。

亚历克斯·冯内古特先生

印第安纳州印第安纳波利斯四区

瓜兰泰大厦七〇一室

亲爱的冯内古特先生：

　　《斯克内克塔迪报》的本市编辑爱德华·塞马克先生将您十一月二十六日的信转至我处。

　　通用电气公司的伯纳德·冯内古特博士的照片是本部提供的。但是，我们的档案中已没有剩余照片，而底片在美国信息联合公司手中。此外，我们这里工作繁忙，无暇顾及像您所提出的这类鸡毛蒜皮的琐事。

　　我们确实有这个可怜家伙的一些其他照片，等我心情好的时候也许会寄给您。但不要催我。"很感骄傲"，多了不起！哈！冯内古特！哈！是这间办公室捧出了您的侄子，我们顷刻之间就可以毁了他——就像弄碎鸡蛋壳一样轻而易举。所以，如果一两个星期内没有收到照片，别急得乱吼乱叫。

　　还有，给通用电气公司一美元，就好像一场大风暴中放了一个屁。寄还给你。屁不要在一个地方放。

　　　　　　　　　　通用电气公司新闻局报刊新闻部

　　　　　　　　　　　　您忠实的

　　　　　　　　　　　　盖伊·福克斯

你看到了，我的签名冒用盖伊·福克斯[1]，那是个英国历史上臭名昭著的人物。

亚历克斯叔叔觉得受了侮辱，暴跳如雷。他把信拿到一个律师那儿，看看可以采取何种法律措施，迫使公司高层人员卑躬屈膝，向他道歉，并让写信的人丢饭碗。他打算写信给通用电气公司的总裁，让他知道他的一名雇员不懂得一美元的价值。

在他采取这些措施之前，有人告诉他盖伊·福克斯是个历史人物，也告诉他我在何处就职，而且那封信滑稽得令人啼笑皆非，肯定是我在开玩笑。他认为我把他当傻瓜耍，要狠狠处置我。这件事他从来没有原谅过我，尽管我的本意只是想让他笑得前俯后仰。

如果他真的把信送到了通用电气公司，要求精神赔偿，我肯定会被解雇。我不知道我本人和我的妻儿将如何生活。我也将无法得到写长篇小说《自动钢琴》《猫的摇篮》以及其他几篇短篇小说的素材。

亚历克斯叔叔将盖伊·福克斯的信件交给了伯尼，伯尼在临死前又将它还给了我。不然的话，这封信早已永久失传了，但现在公布于众。

时震！我又回到了一九四七年，刚刚来到通用电气公司工作，重播开始。不管是好是坏，我们都不得不完全重复第一次做过的事情。

在最后的审判日上可做的辩解：情有可原，我们本来就没让人

1　盖伊·福克斯（1570—1606），英国历史上为谋杀上、下两院所有成员在1605年议会开会期间试图炸掉上议院，但是在尚未完成任务时被发现，后被判死刑。

把我们生下来。

我是家中最小的一个。现在想卖弄一番已经没有观众了。

在奥尔巴尼圣彼得医院晚期病人的病房，一个在伯尼一生最后十天才认识他的女人描述他临死时的情形，说他面容"显贵"而"优雅"。多好的兄弟！
多好的语言。

译后记
《时光错动》与冯内古特的后现代小说风格

虞建华

　　二十世纪八十年代末九十年代初我在英国攻读博士学位期间，参加了由我导师埃略克·洪泊格主要负责的阿瑟·米勒研究会。除了剧作家米勒本人两次来讲学，我们还时常邀请一些文学界名人，其中之一是库尔特·冯内古特。我十分欣赏他幽默、充满调侃的讲座。他本人是作家，谈文学却语带不屑，故意将文学创作以图表进行模式化，进行"伪科学化"。当时我努力理解他的"弦外之音"，但没有完全明白这种演讲风格所涵容、蕴藏的意图。

　　讲座后我们有机会进行小范围交谈，可惜时间不长。其间他赠给我两部他的小说：《棕枝主日》（*Palm Sunday*，1981）和《闹剧，或者不再寂寞》（*Slapstick, or Lonesome No More*，1976）。他在扉页上用粗的蓝笔签名，字很大，占去满满半页。除了开头巨大的"K"和最后一个"t"，无法辨出其他字母，在眼花缭乱的曲线中，有一个清晰的"米"字符，让人百思不得其解。后来我在读冯内古特自传体的《棕枝主日》时，发现书中不仅有那次讲座中关于文学创作模式的演示图，而且也明白了他签名中"米"字符的含义。冯内古特是这样解释的："我把自己的肛门画在签名中。"英语中的"肛门"（asshole）一词也是骂人话，即"浑蛋"的意思。后来我发现，带着这一符号的签名也显眼地出现在冯内古特的每部新出版的作品中，成为作家的商标。

一阵目瞪口呆的惊诧之后，我突然对作为小说家的冯内古特产生了一种"顿悟"，对他作品的风格和基调有了进一步的理解。他以侵犯自己（以签名为代表）的方式，表达对一切规范的不屑，尤其是文学创作的所有既定规范。他对美国的流行文化、社会风气、新闻媒体、当代政治等所有方面，都抱以一种玩世不恭的态度，进行充满黑色幽默的调侃，让人啼笑皆非，又让人心灵震颤。综合他的小说来看，作家的这种态度看似一种愤世嫉俗的放纵，但表达的却是深刻思考所育成的社会批判，这其中闪烁着生活经历积淀的智慧。作家在嬉笑怒骂之间表达了对美国当代文化和政治气候的尖刻嘲讽，但同时又流露出对普通民众的人文关怀。弥漫于《时光错动》字里行间的这种愤怒、无奈、玩弄态度，这种随心所欲、散漫、跳跃的叙事体，正是人们称为后现代主义小说标志性的特征之一。

《时光错动》发表于1997年。作品出版后冯内古特宣布他的文学创作到此结束。尽管后来十年中又有数部作品出版，但基本都是原来已发表的短篇小说、散文和杂感的集成。作家毕竟年事已高，作品中时常流露出"人生苦短"的喟叹，掺杂着他"人生荒诞"的一贯态度。他不断回忆往事，不断提及家人和朋友，有意识地将他周边的亲友保留在这部"封笔作"之中。冯内古特仍然观察敏锐，笔锋犀利，不拘一格的随意之中闪现着睿智和幽默，丝毫没有"迟暮老者"的缓钝。读者感受到的是冷峻的滑稽和敏捷的思辨。

我们很难为《时光错动》写出一个故事梗概，因为《时光错动》没有完整的故事。它由许多互相关联或互不关联的片段组成。"时震"只提供了一个大背景，采用的是冯内古特擅长的科幻小说模式。但是小说中的很多部分与框架故事无关，像抛撒在地面上的一把碎石：散落的石砾中有一颗形状奇特而显眼的鹅卵石。这是一幅后现代的构图，其相互的关系、其指涉、其意图，都留给读者自己去联想，去揣摩，去做出评判。

作者虚构了一个特殊的背景，即"时震"，或者说假设了这样一个前提：宇宙中的时空统一体出现了小故障，突然收缩，产生"时震"，将世界弹回到十年以前，具体从二〇〇一年二月十三日退回到一九九一年二月十七日，然后开始"重播"。不管愿意不愿意，每个人在一种"记忆错觉"主导下，完全一样地重复以前所做的一切——"赛马时再押错赌注，再同不该结婚的人婚配，再次感染上淋病……"生活的困顿和人类的愚昧在小说中进行着一成不变的重复，而"时震"结束时，世界上又出现了一片不堪收拾的混乱。

习惯于传统小说的读者，对《时光错动》也许会感到迷惑、茫然，甚至反感、愤慨，谓其不知所云，怀疑作家是否负责任地进行构思创作。这是可以理解的，因为《时光错动》没有中心，没有情节发展主线，没有开头和结尾，没有前后时间顺序，没有逻辑规范，人物的行为没有明显的动机和目的，作者的叙述也似乎没有清楚表达想要说明的观点。如果读者依凭理性，期望解读故事、寻找意义，那么，结果可能一无所获。《时光错动》无意取悦读者，满足他们对故事的渴盼、对"内涵"的期待。也就是说，阅读《时光错动》，读者必须改变业已养成的阅读习惯，放弃传统的"阅读期盼"，调整评判标准。不然，他就无法阅读。

冯内古特的代表作《五号屠场》采用的也是类似的叙事风格，但《时光错动》偏离传统小说叙事更远。冯内古特是起自二十世纪六十年代的后现代主义小说流派的主要代表之一，文体创新是他对当代美国文学的重大贡献。我们有必要先定义一下后现代主义文学。后现代主义的概念在理论上颇为复杂，我们且聚焦它在文学中的表现。它与包括现代主义在内的先前的文学存在两方面的巨大不同，一是作家的文化态度，二是作品的表现模式。《时光错动》为后现代主义小说特征提供了典型范例。

首先，像其他被标榜为"后现代"的作家一样，《时光错动》的作者不试图在明确的理想、目标、纲领下进行创作，不谋求表达明确的信仰和意义。小说家相信，资本主义秩序所依赖的思想意识和文化价值都陷入了极度的混乱，如尼采所说，"价值判断已经失灵，一切意义都是虚伪的"。因此，文本所表达的观点往往是飘忽的、多元的、自相矛盾的。比如在《时光错动》中，宗教的权威被剥夺，连《圣经》中的《创世记》也被篡改重写，撒旦变成了善良的女人，而上帝则高傲而愚蠢。在人世间，拯救世界的是一条莫名其妙的咒语："你得了病，现已康复，赶快行动起来。"这句话就如同"芝麻开门"一样灵验，激活了一个个麻木的人。你不能追问其合理性。读马克·吐温或海明威，我们一般能知道他们想说明什么，以及他们潜藏于文本背后的褒贬态度。但后现代主义作家消解现存准则，拒绝被合理翻译阐释。

后现代作家的基本态度是悲观的。人们常用四个字来概括这种后现代意识状态：上帝死了。这个"上帝"并不仅限于基督教概念，或宗教概念，而更宽泛地指一个可以认识的理性世界已不复存在：主宰者的圣明之光已经熄灭，世界一片黑暗。在《时光错动》中读者看到的是核轰炸、战争、凶杀、自戕和无穷无尽的蠢行。小说展现的美国社会是一个理性无法驾驭的疯狂世界。科学的进步带来的是对人类自身的威胁，聪明反被聪明误，而大多数善良的人对人类自身的恣意妄为毫无警觉。冯内古特在小说中感叹道："人会如此精明，真是难以置信。人会如此愚蠢，真是难以置信。人会如此善良，真是难以置信。人会如此卑鄙，真是难以置信。"这种自相矛盾的评述，说明无法以理智的尺度丈量人的行为。

也就是说，两千五百年来支撑整个西方文明的精神、哲学、宗教、政治、社会、文化和认识体系都被打上了问号，终极意义已不再确定，所有合法化的基础都已动摇。而小说家不得不面对现存的一切，不得不重新思考指导创作的文学理念，寻求能够表现这种理智上极度混乱的状态的小说形式。这种"后现代"的精神状态，在《时光错动》中又常常被物象化、视觉化，展现为一群不可思议的人物在不可思议的背景中做着不可思议的事情。典型的人物是基尔戈·特劳特。《时光错动》中的小说家基尔戈·特劳特虽然不乏机智，但却是个半疯的怪人。他外表滑稽，令人忍俊不禁。他不断写小说，写好后投进废物篓，或扔在垃圾场，或撕成碎片从公共汽车站的抽水马桶中冲下去。

同时，小说《时光错动》的结构，也是对西方理智状况和生存状况的刻意模仿，叙述没有时序，没有因果关系，没有完整性，文本没有明确的可阐释的意义。小说无始无终，第一章第一段讲自家有几个孩子，第二段是关于艺术的两句评语，第三段说人活在世界上很狼狈，直到《后记》结束时，又回忆了一件作者年轻时与叔叔开玩笑的往事，整个叙述似乎不着边际。随着"上帝死了"之后，作家也"死了"——作者的权威被消解，作品的教育、启迪、认识功能被淡化。但与此同时，读者的地位被突出。作者与读者的关系不再完全是传播者与接受者的关系。读者必须在阅读过程中积极地思考、体验、参与、介入。

其次，包括冯内古特在内的后现代主义作家在理论上相信，现实不是确定的，而是由语言搭建的虚构物，要让小说反映"真实的"现实更是无稽之谈——以虚构的文本来表现虚构的现实，其结果只能是不可思议的虚构。因此，他们从不忌讳实话实说，强调和揭示小说的虚构本质，在小说中不时提醒读者，作品是人为编造的。这方面，《时光错动》与现实主义小说之间存在着巨大的差异。现实主义认为客观世界是可以模拟、可以认识、可以得到忠实表现的；而后现代主义作家认为，世界存在于人的意识之中，语言是意识的载体，而语言的意义又是不确定、不可靠的。于是，"仅就文学而言，我们关于作家、读者群、阅读、写作、书籍、体裁、批评理论以及语文学本身的所有概念，突然之间统统产生了疑问"。

在《时光错动》中，冯内古特反反复复把文学作品称为二十六个发音符号、十个数字以及八个左右标点的特殊横向排列组合，一下子剥去了文学的神圣外衣，赤裸裸地暴露出人为制造的本质。艺术也一样，小说中绘画被说成涂着颜料的平面。作家既对"艺术至上""美学原则"之类表示不屑，同时又感到文学艺术的地位受到了前所未有的威胁，极力为之辩护，一种矛盾态度赫然可见。

对作家的行为与精神状态的刻意捉弄，也间接说明文学——带有遗传特性的作家的产儿——的荒唐性和非现实性。冯内古特又把《时光错动》的作者，即他本人，与《时光错动》中的小说家特劳特混搅在一起，说明特劳特不着边际的呓语，也是他自己的胡言，等于告诉读者：你们别盲目相信我！在小说的《前言》中，作者直截了当地指出小说基本构架上出现的漏洞。

> 在这本书中我假设，二〇〇一年的海滨野餐会上我仍然活着。在第四十六章，我假设自己在二〇一〇年依旧活着。有时我说我身在一九九六年——那是现实状况，有时我说我在时震后的"重播"过程中，两者之间没有清楚的划分。
>
> 我一定是个疯子。

冯内古特又告诉读者："我现在如果有了短篇小说的构思，就粗略地把它写出来，记在基尔戈·特劳特的名下，然后编进长篇小说。"他又给自己揭底，"特劳特其实并不存在。在我的其他几部小说中，他是我的另一自我。"

这种"侵入式"的叙述，即作者闯进小说之中，交代几句，在以前是文学创作的大忌，因为它不仅打断叙述的连贯性，而且严重破坏了故事的"仿真效果"。这种作者的声音随意介入故事的做法，却在《时光错动》和其他后现代主义小说中司空见惯，是突出小说虚构性的有效手段。当我们在小说中读到"在我正要写下一句的这一片刻，我才突然意识到……"这类插叙时，读者强烈地感觉到作者的存在，手中的文本是他"写作"或曰"编织"的产物。

传统小说家努力塑造接近生活原型的人物，让你与小说人物同喜同悲，而后现代派作家希望读者在感情上与作品保持距离。人物是虚构的，因此，他们的语言不必合乎逻辑，他们的行为不需要明确的动机。《时光错动》中的科幻作家基尔戈·特劳特甚至直接对文学传统进行讽刺："那些附庸风雅的蠢家伙，用墨水在纸上塑造有血有肉的、活生生的、立体的人物。好极了！地球上已经因为多出了三十亿有血有肉的、活生生的、立体的人物而正在衰亡，还不够吗？"特劳特补充说，他这一辈子只塑造过一个有血有肉的、活生生的、立体的人物。那是他的儿子，不是用笔，而是通过性交创造的。在这里，作者借特劳特之口想说明的是，小说不应该，也不可能，模仿作品以外的现实。

再者，后现代主义作家一般对文化危机极度关注，冯内古特也是如此。在危机四伏的今天，文化危机首当其冲。作家们生活在文化圈中，有更多的亲身体验。在他们看来，被称为"后现代"社会的今天，是技术取代艺术的时代，传统的"高尚"职业，如艺术创作和文学创作，已经或正在遭人唾弃。照相机、摄影机可以轻而易举地夺走画家的饭碗，人们需要的是信息而不是诗歌。

《时光错动》中的美国文学艺术院，门窗装上了铁甲板，喷涂伪装，雇用武装警卫昼夜二十四小时戒备。文学艺术院隔壁的博物馆改成了流浪汉收容所。也许很少有人会相信这是写实的手笔。但是在当今技术信息社会里，文学艺术的地位岌岌可危，这种感觉弥漫在小说的字里行间。冯内古特创造了一个虚构的场景，以想象发挥代替写实，不对小说的真实性负责，也并不指望读者"信以为真"。他只是抓住现实生活中不合理的部分进行放大，进行嘲讽，使读者无法不正视赫然存在的荒唐。

《时光错动》中，对艺术嗤之以鼻的实验科学家，以两片瓷砖挤压颜料团然后掰开的方式，创作了现代画，成了艺术家。作家、文学经纪人、教授一个个都自杀了，只有精神病人和被称作"圣牛"的流浪汉才有滋有味地活着。年过七十的半疯老作家背着火箭筒出场，最后成了英雄。另一个英雄是枪杀林肯的凶手的后代。他是演员，因在《林肯在伊利诺伊》中成功地扮演了林肯的角色而受人尊重。

最后一点，后现代主义小说最引人注目的特征，是以荒诞表现荒诞。后现代主义小说家刻意表现生存处境的荒唐可悲：外部世界一片混乱，人的努力徒劳无功。他们通过黑色幽默，通过漫画的手法，对现实进行极度夸张，使之变得荒诞滑稽。他们一般对周围世界不怀好感，不抱幻想。甚至对于血淋淋的惨象、令人发指的丑行、绝望的人生，他们都是付之一笑。他们似乎对痛苦和暴行习以为常。他们幽默滑稽的笑，实际上是一种悲泣。

必须一提的是《时光错动》的叙事结构与叙事形式。为了表现世界的荒诞和无意义、混乱和无秩序，小说的文本也呈现出相应的"无政府"状态。叙述没有清晰、连贯的线条，随意性极强。文本由许多逸事、回忆、生平、笑话、狂想、故事构成，像无数块碎片，不经筛选地用来拼贴在一起，因此画面支离破碎、光怪陆离，对"视觉"和心理造成了冲击。小说有意造成失真的、滑稽的、片段的、脱节的、残缺的效果，如狂人嗫嚅，颠三倒四，如痴人说梦，充满声音与疯狂却全无意义。

《时光错动》由《前言》《后记》和六十三章组成，每章都很短，包括一个或几个互不相关的片段，彼此之间没有逻辑联系，呈现出明显的"无中心"。一个个片段像梦境一样闪过，频频变换，而作家却无意归总，满足于这种散乱状态。小说提出问题，却没有答案；出现结果，却没有起因。匪夷所思的编造中穿插着许多有案可稽的真人真事。虚构人物和真实人物时常出现在一起，历史话语和小说话语互相交织，真真假假，虚虚实实，文学与非文学的界限被打破。如果"小说"二字的传统定义不加以修正，那么，《时光错动》就不是小说。但它也不是其他任何东西。

尽管我们说后现代主义小说颠覆规范，消解文学的意义，但是既然小说是有思想的人写成的，他总是有意识或无意识地在传递着某种情绪和态度；不管多么间接，多么含混，也总是在暗示着某种认识。无目的性的表述，也是一种表态，这毋庸置疑。这是对常规的反叛，对疯狂现实的呼应。废弃一切（包括所有文学传统）的态度，是对整个西方社会政治、历史文化、认识体系的断然否定。

　　但是，不管后现代主义作家的态度多么超然，多么玩世不恭，种种左右他们的思想感情的倾向却溢于言表，他们的痛苦、绝望、恐慌、无奈是很难掩饰的。闹剧式的文本背后，有一种冷观的清醒。作家走进作品，走进荒诞世界组成的一张巨网，像所有真实的和虚构的人物一样，在网中挣扎，无法脱身，只有狂乱的呓语、愤怒的咒骂、无奈的感叹、忧戚的宣泄、冷言的嘲讽、悲恸的哭泣和故作滑稽的嬉笑从网眼中传出，汇成一片嘈杂。《时光错动》使我们感到陌生。阅读《时光错动》需要我们调整习惯的心理姿态，挪动观察点和立足点，因为它比传统小说少了许多东西，同时又多了许多东西。这是库尔特·冯内古特的又一力作，时间将证明它在美国文学史上的地位。

　　此版《时光错动》是校订版。我对二〇〇〇年的原译本进行了全书校勘，对当时的译后记也做了适当的增删更改。孙宁霞女士为此书重版提供了多方面的帮助，在此致以由衷的感谢。

二〇二一年夏

读客®

彩条文库

外国文学读彩条，大师经典任你挑。

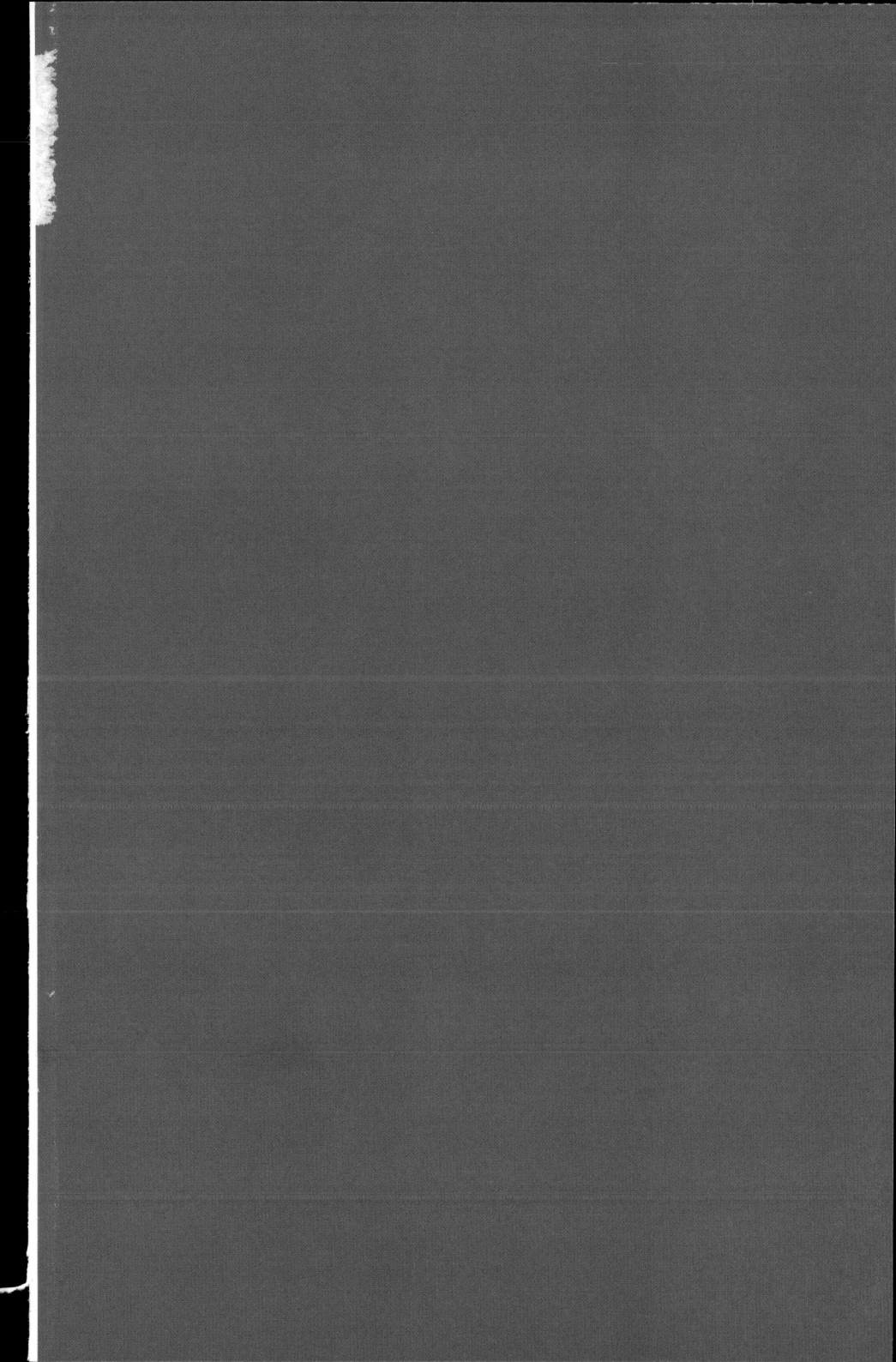

被写进小说的冯内古特家族

美国的大型通病是寂寞。我们不再有大家族了，但我曾经有过。电话簿上有很多冯内古特，我一直被包围在亲人中间。你明白吧，兄弟姐妹、叔舅姨姑，等等。那就是天堂。但从此以后，大家都四散各处。

——库尔特·冯内古特

曾祖父 ── ♥ ── **曾祖母**

冯内古特家族第一代德国移民，
冯内古特五金公司创始人。

祖父 ── ♥ ── **祖母**

建筑师，毕业于麻省理工学院，
美国建筑师协会会员。

母亲 ── ♥ ── **父亲**　　　**叔叔**　　　**姑姑**

印第安纳波利斯酿酒
富商的女儿。1944 年
的母亲节，她因服用
过量安眠药逝世。

建筑师，毕业于麻省理工学院，
美国建筑师协会会员。

毕业于哈佛大学

大哥　　　　　**二姐**

大气科学家，麻省理工学院物理化学
博士。1997 年他凭借论文《通过
拔鸡毛测量龙卷风风速》获得搞笑
诺贝尔奖。

雕塑家

作者：**库尔特·冯内古特**

Kurt Vonnegut
1922—2007